光文社古典新訳文庫

武器よさらば（上）

ヘミングウェイ

金原瑞人訳

kobunsha classics

光文社

Title : A FAREWELL TO ARMS
1929
Author : Ernest Hemingway

目次

イタリア全体図

国境は 1917 年ごろのもの

イタリア北部

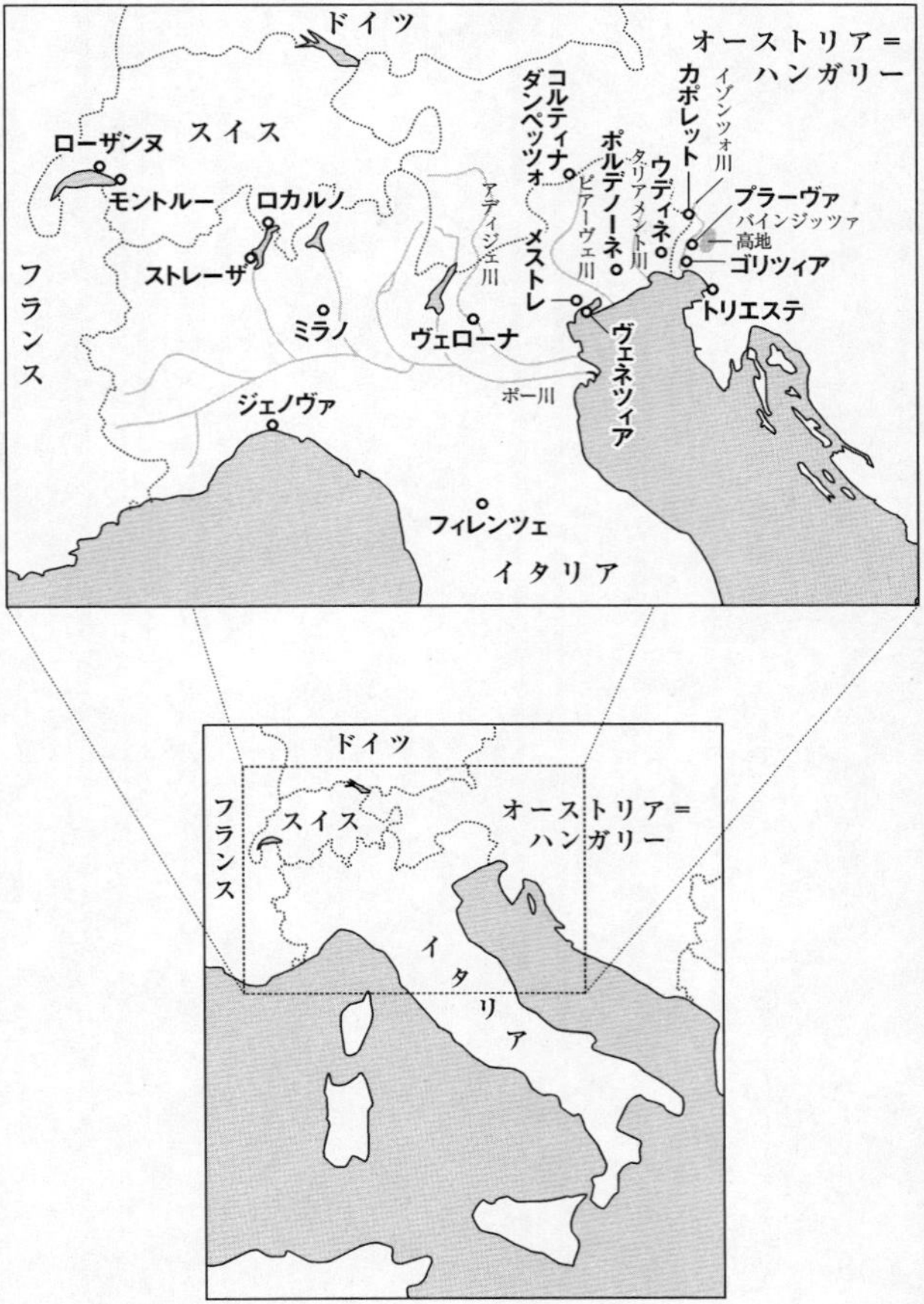

ドイツ
オーストリア＝ハンガリー
スイス
ローザンヌ
モントルー
ロカルノ
ストレーザ
フランス
ミラノ
ヴェローナ
アディジェ川
コルティナ・ダンペッツォ
ピアーヴェ川
メストレ
ヴェネツィア
ポルデノーネ
タリアメント川
ウディネ
カポレット
イゾンツォ川
プラーヴァ
バインジッツァ高地
ゴリツィア
トリエステ
ジェノヴァ
ポー川
フィレンツェ
イタリア
ドイツ
フランス
スイス
オーストリア＝ハンガリー
イタリア

武器よさらば（上）

〈訳者注〉

舞台は第一次世界大戦中の、イタリア軍とオーストリア軍がせめぎ合っている国境近く。

主人公のフレデリック・ヘンリーはアメリカ人だが志願して、このイタリア戦線にきている。正規の兵士ではなく、任務は傷兵運搬車数台を指揮すること。イタリア軍のなかでは、「中尉」扱いになっている。

第一部

第1章

　その年、夏も終わりの頃、おれたちはある村の屋敷で暮らしていた。村からは川がみえ、そのむこうには平野が広がり、さらにその先には山が連なっていた。川の浅いところは水面から出た大小の石が日光で白く乾き、澄んだ水が軽やかに流れ、深いところは青く見えた。部隊が次々に屋敷の横の道を通り、まきあげる土埃《つちぼこり》が木々の葉を白っぽく染めあげた。木々の幹にも土がこびりつき、葉は例年より早く落ちた。部隊が道をいくたびに、土埃が舞い上がる。葉は風に吹かれて散り、その中を兵士が歩いていく。部隊が通り過ぎたあと、木の葉以外に何もおおうもののない道は白茶けてみえる。

平野は作物が豊かに実っている。果樹園がたくさんあり、平野のむこうの山々は茶色く土がむき出しになっていた。その山地では戦闘が行われていて、夜になると、砲撃の火がみえる。暗い中でながめると、夏の稲妻のようだ。しかし夜は涼しく、嵐が忍び寄る気配はなかった。

ときどき闇のなかで、窓の下を部隊が通る音や、銃砲がトラクターに引かれていく音がきこえる。夜間は移動が多い。鞍の両側に弾薬を詰めた袋を載せたラバ。兵士を乗せた灰色のトラック。荷物を積んだトラックはキャンバスでおおわれ、のんびり進む。昼間にはトラクターが大砲を引いていく。長い砲身は青々とした枝がかぶせてあり、トラクターの車体も緑の葉をつけた枝やツタでおおってある。川のこちらのほうでは、北をみると、平地のむこうにクリ林が広がり、さらにそのむこうに山がひとつある。その山をめぐっても戦闘が行われているが、こちらは劣勢だ。秋になると、雨が降り始め、クリの木は葉を落として枝は裸になり、幹は雨で黒ずむ。ブドウ畑もさびしく枝ばかりになり、あたり全体が濡れて茶色っぽくなり、秋とともに死んでいく。川には霧がたちこめ、山には雲がかかる。道をいくトラックは泥水をはね散らし、外《がい》套《とう》を着た兵士は雨と泥におおわれてしまう。肩にかけたライフルは濡れ、外套の下では、ベルトの前に革の箱がふたつ。その灰色の箱には、細長い六・五ミリの弾をこめた挿弾子《クリップ》が詰まってずっしり重く、前に突き出している。そのせいで、道をいく兵士たちは妊娠六ヶ月の女のようにみえる。

たまに灰色の小型車が疾走していく。だいたいは前の座席に運転手ひとり、将校ひとり、後ろの座席に将校が三人。軍用トラックよりも派手に泥水をはね散らしていく。もし後部座席の真ん中に座っている人物が小柄で、両側に将軍が座っていて、帽子の上の部分と貧弱な背中くらいしかみえず、小型車がいつも以上にスピードを出していたら、その小柄な人物はおそらく国王だ。国王はイタリア北東部のウディネに住んでいて、ほぼ毎日戦況を視察しにやってくる。戦況は悪くなる一方だ。

冬になり、雨が降り続き、コレラが流行した。だが、コレラはくいとめられ、わずか七千人の兵士の犠牲でおさまった。

第2章

次の年は、あちこちで戦果があった。北の平地のむこうの、斜面にクリ林が広がる山を占領し、南の平野のむこうの高地でも多くの勝利をおさめた。八月、おれたちは川を渡り、前線にあたるゴリツィアの町にある屋敷に移った。塀に囲まれた庭には泉がわき、いたるところに庭木がうっそうと生えていた。家のわきにはフジが紫の花を咲かせていた。戦闘は町のすぐ隣の山々で行われていて、一マイルと離れていない。ゴリツィアはいい町で、あてがわれた屋敷も住み心地がよかった。後ろには川が流れている。町の占領はスムーズにいったらしいが、すぐむこうの山々はまだ敵の手にある。うれしいことに、オーストリア軍は戦争が終わったらもどってくるつもりらしく、町を爆破した跡はあったが、作戦的な要所しか破壊されていなかった。町には人も住んでいるし、病院もあればカフェもあり、砲兵隊も駐屯している。売春宿が二軒あり、一軒は一般の兵士用、もう一軒は将校用だ。夏が終わり、夜が涼しくなってきた。町のむこうの山々での戦闘、砲撃のあとを残す鉄橋、戦いでつぶれた川沿いのトンネル、広場のまわりの木々、広場に続く長い並木道。町には女の子がいたし、国王が車でときどき顔をみせた。小柄で首が長く、ヤギのような白いあごひげを生やしていた。家の内部がいきなり目に飛びこんでくることもある。砲弾で壁がなくなり、庭やときには通りにも漆喰《しっくい》や瓦礫《がれき》が飛び散っていたりする。ここカルソ地方ではすべては順調に運び、この秋は、おれたちが田舎にいた去年の秋とはまったく違ったものになった。戦況も変わった。

町のむこうにある山のオークの森は消滅した。森は緑だったのだが、それはおれたちがこの町にやってきた夏までの話だ。いま残っているのは切り株と割れた幹と、掘り返された地面。秋も終わりかけたある日、かつて森だったあたりにいると、雲が山の後ろからせり出してきた。雲はみるみる広がって、太陽が鈍い黄色になったかと思うと、すべてが灰色に染まった。空は黒ずみ、雲は山肌を駆け下り、いきなりあたりを包みこんだ。雪だった。雪は風を受けて斜めに吹きつけた。地面がおおわれ、そこから木々の切り株が突き出ていた。雪は大砲の上に積もった。雪の中に小道ができた。塹壕《ざんごう》の後ろの便所へ通う道だ。

そのあと、おれは町のなかで、雪が降るのをながめていた。場所は売春宿のなか。将校用のほうだ。友人の大尉がひとり、グラスがふたつ、アスティ・スプマンテの壜《びん》が一本。重い雪がゆっくり落ちてくるのをみながら、今年はこれで終わりだなと思った。川上の山地はまだ占領できていない。川のむこうの山もどれひとつ占領できていない。すべて来年に持ち越しだ。友人が食堂仲間の神父をみつけた。神父は通りをやってきた。泥水のなかを慎重に歩いている。友人が窓をたたいた。神父は顔をあげ、おれたちをみると、ほほえんだ。友人が手招きした。神父は首を振って、先を急いだ。その日の晩、食堂で出たのはスパゲティだった。だれもが脇目もふらずせっせと食べる。フォークでスパゲティをすくいあげ、たれた端から口に入れていく者もいれば、フォークでかきこむようにしている者もいる。各自勝手に注いでいるワインは藁《わら》で巻いた一ガロン入りのピッチャーに入っている。ピッチャーは金属製の揺れるワインスタンドにのっていて、人差し指で首のところを押し下げると、赤く澄んだ渋みのあるうまいワインが、手に持ったコップに注がれる。食事が終わると、大尉が神父をからかいだした。

神父は若くてすぐに赤くなる。おれたちと同じ軍服を着ているが、そのグレイの上着の胸ポケットの上に濃い赤のヴェルヴェットの十字架がついている。大尉は、そのかいがあるかどうかはともかく、おれにもちゃんとわかるように、わかりやすいイタリア語でしゃべってくれる。

「神父が、今日、女の子といた」大尉が神父とおれを見ながらいった。神父はほほえみ赤くなって首を振った。大尉はしょっちゅう神父をからかう。

「いただろ？」大尉がいった。「今日、女の子といるのを見たぞ」

「いいえ」神父がいった。ほかの将校たちがおもしろそうにこちらを見ている。

「神父は、女の子はだめだ」大尉が続ける。「絶対にだめなんだ」とおれに向かっていうと、おれのコップを取ってワインを注いだ。ずっとおれの目を見ていたが、神父からも注意をそらさないようにしている。

「神父は毎晩、五人対ひとりだ」テーブルについていた全員が声をあげて笑った。

「そうだろ？　神父は毎晩、五対一なんだ」大尉は大げさな身ぶりをすると、大声で笑った。神父は冗談と受け取ったらしい。

「ローマ法王はオーストリアが勝つことを望んでいるんだろ？」少佐がいった。「フランツ・ヨーゼフ皇帝がお気に入りだ。ずいぶん気前よく献金してもらっているからな。おれは無神論者なんだ」

「『黒い豚』は読んだかい？」中尉がきいた。「一冊、進呈しようか？　あの本を読んで、信仰がゆらいでしまったんだ」

「あれは、不潔で不道徳な本です」神父がいった。「共感したわけではないでしょう」

「いや、あれは素晴らしい本だよ」中尉がいった。それからおれにむかって「聖職者について書いてあるんだが、君もきっと気に入ると思う」といった。おれが神父ににやっと笑いかけると、神父もロウソクの火越しに笑い返した。「読んではいけません」神父がいった。

「一冊、やるよ」中尉がいった。

「思考力のある人間はすべて無神論者になる」少佐がいった。「かといって、フリーメイソンを信じているわけでもないが」

「いや、フリーメイソンは信じるに足りますよ」中尉がいった。「あれは立派な組織です」だれかが入ってきた。開いたドアから、雪が降っているのが見えた。

「もう敵襲はないでしょう。こんなに雪が降り始めたんですから」おれはいった。

「まあ、ないだろうな」少佐がいった。「休暇でも取って遊んできたらいい。ローマかナポリかシチリア――」

「アマルフィははずせないぞ」中尉がいった。「手紙を書いてやるからうちの家族を訪ねていけばいい。アマルフィにいるんだ。息子みたいにかわいがってくれるぞ」

「パレルモがいいんじゃないか」

「カプリがいい」

「アブルッツィにいって、わたしの家族を訪ねてください。カプラコッタにいるんです」神父がいった。

「おいおい、アブルッツィだって？　あそこはここより雪が深いんだぞ。田舎にいってどうする？　いくなら、文化と文明の中心地だろう」

「かわいい女の子を世話してやらなくちゃな。ナポリの住所をいくつか教えてやろう。美人の若い娘のいるところだ――母親もいっしょだがな。はっはっは！」大尉が親指を上にして手を広げた。手で影絵を作るような格好だ。その手の影が壁に映った。大尉はまたわかりやすいイタリア語で話しだした。「いくときは、こんなふう」といいながら、親指を指さし、「もどってくるときは、こんなふう」といって小指に触れた。みんな大笑いだ。

「ほら！」大尉はまた手を広げてみせた。またロウソクの光で壁に影が映った。大尉は上に立てた親指から順に名前をいっていった。「少尉《ソットテネンテ》（親指）、中尉《テネンテ》（人差し指）、大尉《カピターノ》（中指）、少佐《マッジョーレ》（薬指）、中佐《テネンテ・コロンネッロ》（小指）。いくときはソットテネンテだが、もどってくるときはテネンテ・コロンネッロだ！」みんなはまた大笑いだ。大尉は指遊びで大受けだった。大尉は神父を見ると、大声でいった。「毎晩、神父は五対一いった。


だ」また大笑い。

「すぐに休暇をとるがいい」少佐がいった。

「できるなら、いっしょにいって、あちこち案内してやりたいところだ」と、中尉がいった。

「蓄音機を買ってきてくれ」

「いいオペラのレコードを買ってきてくれ」

「カルーソがいい」

「カルーソはやめろよ。あれは、歌ってるんじゃない、吠えてるだけじゃないか」

「あんなふうに吠えられたらいいって、思わないか?」

「ただ吠えてるだけだろ、あれは!」

「アブルッツィにいってみてください」神父がいった。ほかの将校たちは声を張り上げてあれこれいっている。「ハンティングも楽しめます。きっと、土地の人々も気に入ってもらえると思います。あのあたりは寒いけれど、湿気がなくてさわやかです。うちに泊まってください。父の狩猟の腕は有名です」

「さあさあ」大尉がいった。「女を買いにいこう。店が閉まってしまう」

「ではまた」おれは神父にいった。

「ではまた」神父がいった。

第3章

前線にもどってきた。部隊は同じ町にいた。あたりに大砲が増えている。もう春だ。畑は緑で、ブドウの小さな若芽がふき、道路沿いの木々にも小さな葉がついていて、海からのそよ風が吹いている。町のむこうに丘がみえ、その上に古い城がみえる。城は丘がくぼんだあたりに立っていて、彼方には山が連なっている。茶色の斜面には少しだけ緑がみえる。町なかにも大砲が目につくようになり、新しい病院も増え、道でイギリス人に会うこともあった。男が多かったが、たまに女もいる。砲弾でやられた家も少し増えている。暖かく、春らしい日だったので、並木道を歩いていると、壁に反射する日の光のおかげで体が温まってきた。仲間はやはり同じ屋敷にいて、休暇をもらって出ていったときと何も変わっていない。玄関のドアは開けっ放しで、兵士がひとり外のベンチに座って、日射しを楽しんでいる。屋敷の横のドアの前には傷兵運搬車が待機している。なかに入ってみると、大理石の床と病院のにおいがした。すべて出かけたときと同じだ。ちがうのは、季節だけだ。大広間をのぞいてみると、少佐が机に向かっていた。窓は開け放たれて、日の光が部屋に射しこんでいる。少佐は気づいていない。なかに入って報告すべきか、そのまえに二階にあがってさっぱりすべきか、迷ったが、上にあがることにした。

リナルディ中尉と共用の部屋は中庭に面していた。窓は開いていて、ベッドは毛布も替えて整えられていた。私物は壁にかかっている。ガスマスクの入った長方形のブリキ缶と鉄のヘルメットはまとめて一本の釘にかけてある。ベッド脇の床には、おれの薄いトランクがあり、油を塗りこんで輝いている冬用の軍靴がその上に置いてある。オーストリア製の狙撃銃は、銃身は八角柱で青光りしていて、黒光りのするクルミ材の狙撃用銃床《シュッツエン》は頰にぴったり合うようにできている。そいつが二台のベッドがくっついている壁にかけてある。望遠照準器は、たしか、鍵のかかったトランクのなかに入っている。リナルディ中尉は片方のベッドで寝ていたが、おれが部屋に入った物音で目をさまして、体を起こした。

「チャオ！　楽しかったか？」

リナルディは握手すると、おれの首に腕をまわしてキスした。

「最高さ」

「うっ」おれは唸った。

「おいおい、きたない面《つら》だな。洗ってこいよ。どこで何してきたんだ？　洗いざらい、報告しろよ」

「あちこちいったなあ。ミラノ、フィレンツェ、ローマ、ナポリ、ヴィッラ・サン・ジョヴァンニ、メッシーナ、タオルミーナ――」

「まるで時刻表だな。色っぽい話はないのか？」

「ある」

「どこで？」

「ミラノとフィレンツェとローマとナポリと――」

「わかったわかった。で、どこが最高だった？」

「ミラノかな」

「まあ、そこが最初だからな。で、どの店で？　〈コーヴァ〉か？　なんて店にいったんだ？　どうだった？　ほら、話せったら。朝までか？」

「まあな」

「まあ、なんてことないな。いまはここにもかわいい子がいるんだ。前線は初めてって女の子たちが」

「すごいなあ」

「信じてないだろう。昼になったらいっしょに出かけて、確かめてみるか。町にはイギリス人の女の子もいるんだぞ。おれはいま、ミス・バークリに夢中でさ。今度会わせるよ。もしかしたら結婚するかもな」

「そのまえにさっぱりして、報告をしてこなくちゃ。だれか執務中の人間はいないのかなあ?」

「おたくが休暇でいなくなってからってもの、暇で暇で、せいぜい、凍傷、凍瘡、黄疸《おうだん》、淋病、自傷、肺炎、硬性下疳《げかん》、軟性下疳くらいだな。あとは毎週、だれかが岩の破片でけがをしたり。本物の負傷者なんてほとんどいない。来週になれば、また戦闘が始まるんだろう。たぶんな。みんなそういってるし。すぐにミス・バークリと結婚したほうがいいかなあ——もちろん、戦争が終わったらすぐってことだけど」

「あたりまえだろ」おれはそういって、洗面器に水をたっぷり入れた。

「今晩、包み隠さず話してくれよ。こちらはもう一眠りだ。気分をさっぱりさせて、いい服を着て、ミス・バークリとデートだ」

おれは上着とシャツを脱ぎ、洗面器に張った水で顔を洗うと、タオルで顔をふきながら部屋のなかをながめ、窓の外に目をやった。リナルディはベッドで目をつむっている。リナルディはハンサムだった。おれと同じ年で、アマルフィの出身だ。外科医という仕事が大好きで、おれとすごく気が合う。おれがそちらを見ていると、リナルディが目を開けた。

「金、あるか？」

「ああ」

「五十リラ貸してくれ」

おれは手をふいて、壁にかかっている上着の内ポケットからサイフを取り出した。リナルディはベッドに横になったまま五十リラ札を受け取ると、折ってズボンのポケットに突っこみ、にやっと笑った。「ミス・バークリに金のあるところを見せなくちゃな。おまえは無二の大親友にして、経済支援者だ」

「よくいうよ」

その晩、おれは食堂で神父の隣に座っていた。アブルッツィにいかなかったという と、神父はがっかりして、とたんに悲しそうな顔になった。父親に、おれがいくと手紙を書いたので、むこうは準備をして待っていたというのだ。それをきいて、おれも神父と同じくらい落ちこんだ。なんでいかなかったんだろう。元々そのつもりでいたのに。ちょっと予定がずれてしまってと言い訳をすると、ようやく神父もわかってくれて、なんとかその場はおさまった。おれはワインをかなり飲んでから、コーヒーとストレーガというリキュールを飲むと、酔っぱらった勢いで言い訳がましくいった。本当にやりたいことこそできないものなんですよね、ほんとに。

おれと神父が話しているまわりでは、ほかの連中もわいわいやっていた。おれはアブルッツィにいってみたかった。おれが実際にいった場所は暖かくて、道路が凍って鉄みたいに固くなってしまうこともなかった。アブルッツィでは、空気が冷たく澄み、雪が乾いてさらさらしていて、降り積もった雪の上にはウサギの足跡がついている。農夫が帽子を取って挨拶《あいさつ》してくれる。獲物もたくさんいるんだろう。おれはそんな場所にはいかずに、タバコの煙が立ちこめるカフェにいって、夜、部屋がぐるぐる回りだし、壁をにらみつけないと止まらないくらいまで飲んで、酔っぱらってベッドに入り、それだけが目的という目的を果たし、目をさますと知らない女が隣に寝ていて妙にわくわくする。闇の世界があまりに現実離れして刺激的で、またやってしまうが、もう訳がわからず、夜だし、もうどうでもよくなり、これがすべてですべて、どうでもいいという気になってしまう。そしていきなり、すべてが気になってきて、朝目が覚めると、そんな気分は消えうせ、前の晩のことはすべて消え去り、すべてがくっきりはっきり輪郭を取りもどし、ときどき値段が高い安いの言い合いになることもある。ときには目が覚めても、愉快で楽しくて温かい気持が続いていて、朝食や昼食までいっしょに食べたりすることもある。ときにはいい気分が跡形もなく吹き飛んで、外に出てほっとすることもあるが、また同じ一日が始まり、同じ夜が始まる。つまり、いいたかったのは、夜について、夜と昼の違いについて、夜のほうがいいときもあるが、昼間でも寒くて空気がきれいに澄んでいるときは別なんだ、というふうなことだったが、うまく伝えられなかった。いまでも無理だろう。しかし身に覚えのある人なら、わかってくれるはずだ。神父は身に覚えはないだろうが、おれが本当にアブルッツィにいきたかったけどいけなかったということをわかってくれたし、それまでと同じように友だちでいてくれた。おたがい好みが似通っている部分もあるが、違っている部分もある。神父はいつも、おれの知らないことを知っていたし、おれが覚えてもすぐに忘れてしまうようなことも知っていた。といっても、その頃はそんなことには気づいてもいなかった。わかったのはあとのことだ。おれたちはみんな食堂にいて、食事が終わっても、わいわいやっていた。おれと神父の話が途切れたとき、大尉が大声でいった。「神父はかわいそうだ。神父は女の子がいなくて、かわいそうだ」

「わたしは幸せです」神父がいった。

「神父はかわいそうだ。神父は、オーストリア人がこの戦争に勝てばいいと思っている」大尉がいうと、みんなが耳を傾けた。神父は首を振った。

「いいえ」神父がいった。

「神父は、われわれが攻撃しなければいいと思っている。決して攻撃しなければいいと、思っているんだろう?」

「いいえ。戦争があるかぎり、われわれは攻撃をしなくてはなりません」

「もちろんだ。もちろん、攻撃する!」

神父はうなずいた。

「ほっといてやれよ」少佐がいった。「神父は何も悪くない」

「まあ、神父は攻撃するしないについて、なんの権限もありませんからね」大尉がそういうと、おれたちはみんな立ち上がってテーブルを離れた。

第4章

隣の庭の砲兵隊のせいで、朝っぱらから目が覚めてしまった。窓から日の光が射しこんでいるのが見えたので、ベッドから出た。窓までいって外をながめると、露がおりて、砂利道は湿り、草は濡れている。砲兵隊は二度大砲を撃った。そのたびに空気が振動して窓がふるえ、パジャマの前もふるえた。大砲は見えないが、砲弾が頭上を飛んでいくのはわかった。隣でぶっ放されるのは迷惑だが、大砲がでかくないのはありがたい。庭のほうをながめていると、道路にとめてあったトラックが動きだす音がきこえた。おれは着替えて下におりると、キッチンでコーヒーを飲んでから、ガレージにいった。

細長い屋根の下に、車が十台並んでいる。頭でっかちで、前部がずんぐりした傷兵運搬車だ。灰色に塗ってあり、荷物の運搬用に作られているように見える。整備兵が数人、庭にとめてある車を修理している。残りの三台は山中の前線にある応急治療所にいっているのだろう。

「あそこの砲兵隊が攻撃されることはないのかな？」おれは整備兵にたずねてみた。

「ないでしょうね、中尉殿《シニョール・テネンテ》。小さな丘の陰になってますから」

「このところ、どうだ？」

「まあまあです。こいつは修理中ですが、ほかの車は走ります」整備兵は作業の手をとめて、にっこりした。「休暇だったんですよね？」

「ああ」

　整備兵はジャンパーで手をぬぐうと、にやっと笑った。「どうでした？」ほかの整備兵もにやにやしている。

「よかった」おれはそういってからきいてみた。「その車、どこが悪いんだ？」

「だめなんですよ。次々にこわれちゃって」

「今回はどこが？」

「ピストンリングの取り替えです」

おれはその場を離れた。修理中の車はぶざまでからっぽに見えた。なにしろエンジンがむき出しになって、部品が作業台の上に散らばっている。おれはガレージに入って、なかの車を一台ずつ見ていった。手入れはまあまあで、洗ったばかりの車が数台あったが、ほかは土埃まみれだ。タイヤをたんねんに見て、傷がないか、岩でこすったあとがないか調べた。まったく問題はない。おれがいてもいなくても、たいした違いはないようだ。車のコンディションを点検したり、部品を確保したり、前線の応急治療所から負傷者や病人を移送して、山の中から仮収容所まで運び、書類に書かれている病院に振り分けたり、といった仕事はかなりの部分、自分がいてこそと思っていたのだ。しかしおれがいようがいまいがなんの変わりもないのは明らかだ。

「部品はちゃんと入ってきているか？」おれは整備兵にたずねた。

「だいじょうぶです、中尉殿《シニョール・テネンテ》」

「給油所はまえと同じか？」

「はい、同じ場所です」

「わかった」おれは屋敷にもどり、食堂のテーブルで取っ手のついていないカップでもう一杯コーヒーを飲んだ。コーヒーはコンデンスミルクが入っているので、白っぽくて甘い。窓の外は、さわやかな春の朝だ。鼻のなかが乾いてきた。昼は暑くなりそうだ。この日、おれは山中の待機場所をいくつか見て回って、午後遅くもどってきた。

おれがいなかったあいだに、戦況はよくなっているようだった。攻撃再開という話も耳にした。おれたちが配属されている師団は川の上流の一地点を攻撃することになっていて、少佐から、そのときに使う待機場所の手配をまかせるといわれた。攻撃部隊は川をさかのぼって狭い渓谷の上流で対岸に渡り、山腹に散開する予定らしい。傷兵運搬車の待機場所はなるべく川の近くで、それも陰になって外から見えないところに設営しなくてはならない。もちろん歩兵が場所を選ぶことになるのだろうが、設営するのはこちらの仕事だ。そういう仕事をやっていると、つい正規の兵士として働いているような気になってしまう。

体が土埃にまみれてきたなかったので、部屋にもどって洗うことにした。リナルディがベッドに座って、ヒューゴーの英文法の本を読んでいた。着替えて、黒いブーツをはいて、髪も整髪料で光っている。

「よくもどってきたな」リナルディがおれを見ていった。「いっしょに、ミス・バークリに会いにいこう」

「いやだよ」

「どうして？　頼むからいっしょにきて、うまく取りなしてくれよ」

「わかったよ。体を洗うから待っていてくれ」

「ざっと洗うだけでいい」

おれは体を洗って、髪をとかして、いっしょに出かけることにした。

「待て」リナルディがいった。「一杯、飲んでいこう」リナルディはトランクを開けて、壜を取り出した。

「ストレーガはお断りだぞ」おれはいった。

「いや、グラッパだ」

「よし」

リナルディはふたつのコップにグラッパをついだ。おれたちは人差し指を伸ばして、コップを合わせた。グラッパはかなり度数が高い。

「もう一杯やるか？」

「ああ」おれは答えた。もう一杯ずつ飲むと、リナルディは壜をしまって、おれといっしょに階段を下りた。町なかを歩くのは暑かったが、太陽は沈みはじめていたので、気持がよかった。イギリス軍の病院は、戦前ドイツ人が建てた大邸宅を使っていた。ミス・バークリは庭にいた。もうひとりの看護婦がいっしょにいる。木の間からふたりの白い制服がみえたので、おれたちはそちらに歩いていった。リナルディは敬礼した。おれも敬礼したが、くだけた感じだった。

「はじめまして」ミス・バークリがいった。「イタリア人じゃないわね?」

「ええ、ちがいます」

リナルディはもうひとりの看護婦と話している。ふたりは笑っている。

「変ね――イタリア軍にいるなんて」

「いや、正確にいうと兵士じゃないんです。負傷者の運搬係ってところかな」

「それにしても、やっぱり変よ。なぜそんなことをしているの?」

「さあ。説明できないこともあるから」

「あら、そう? わたしは、説明できないことなんてなにもないと教わってきたけど」

「それはすごいなあ」

「ねえ、こんな話ばかり続けるつもり?」

「ほっとしたわ。あなたもそうでしょ？」

「いや」

「そのステッキは？」おれはたずねた。ミス・バークリはかなり背が高かった。着ているのは看護婦の制服らしい。ブロンドで、肌は日焼けしていて、目は灰色。すごい美人だ。手には細い籐《とう》のステッキを持っている。おもちゃの乗馬鞭みたいで、革が巻いてある。

「男の人が持っていたの。去年死んだんだけど」

「申し訳ないことをきいちゃったな」

「とても素敵な人だった。結婚することになっていたんだけど、ソンムの戦い[1]で死んじゃった」

「あれは悲惨な戦いだったから」

「あなたもいたの？」

「いや」

1　フランス北部・第一次大戦の激戦地。

「あのときの話はきいたことがあるの。このあたりではあんなすごい戦闘はまだないわよね。わたしのところにはこの小さなステッキが送られてきたの。お母さんが送ってくださったらしいわ。ほかの私物といっしょにお母さんのところにもどってきたみたい」

「ずいぶん前から婚約していたのかい？」

「八年前から。幼なじみだったの」

「なぜもっと前に結婚しなかった？」

「さあ。ばかみたいね。そうしてあげればよかった。でも、彼に悪いかなって思ったの」

「そうか」

「だれかを愛したことがある？」

「いや」

おれたちはベンチに腰かけて、おれはミス・バークリを見つめていた。

「きれいな髪だね」

「好き？」

「すごく」

「彼が死んだとき、切っちゃおうと思ったの」

「もったいない」

「彼のために何かしてあげたかった。わたし、他のことは思いつきもしなかったの。わたしさえその気になれば、彼はなんでもできたのに。なんでも手に入れられたはずなのに。わたしにはそれがわかっていなかった。結婚でもなんでもしてあげればよかった。今になってやっとそれがわかったの。でも、あのときは、彼は戦争にいきたがっていたし、わたしはわかっていなかった」

おれは何もいわなかった。

「あのとき、わたしは何もわかってなかった。結婚するのは彼に悪いような気がしていたの。彼をしばることになってしまうかもしれないと考えたわけ。そして彼は死んで、すべて終わってしまった」

「どうだろう」

「あら、そうよ。すべて終わったの」

おれたちは、看護婦としゃべっているリナルディを見た。

「あの子の名前は？」

「ファーガソン。ヘレン・ファーガソン。あなたのお友だちは軍医さんでしょ？」

「ああ。すごく腕がいいんだ」

「それはうれしいわ。こんなに前線に近いところじゃ、腕のいいお医者さんはめったにいないもの。ここは前線に近いんでしょ？」

「かなり」

「どうしようもない前線だけど、景色はとてもきれいよね。攻撃が始まるの？」

「ああ」

「じゃ、忙しくなるわね。いまは暇だけど」

「もう看護婦は長い？」

「一九一五年の終わり頃から。彼の入隊と同時に始めたの。今でも覚えているんだけど、もしかしたらわたしのいる病院に彼がくるかもしれないなんてばかなことを考えてたわ。銃剣で傷を負ったり、頭に包帯を巻いたりしてね。肩を撃たれてとか。あっと驚くようなのがいいなとか思っていたの」

「驚くといえば、この前線も驚きだ」

「そうね。みんな、フランスのことがわかっていないのよ。もしわかっていれば、こんな戦争がいつまでも続くはずないもの。彼は銃剣で突かれたんじゃないの。粉々に吹き飛ばされたのよ」

おれは何もいわなかった。

「いつまでも続くのかしら？」

「まさか」

「どうなったら終わるの？」

「どこかで均衡が崩れて終わると思う」

「崩れるのはこちらね。フランスが危ないわ。まったく、ソンムの戦いみたいなことを続けていて、崩れないわけがないもの」

「ここはだいじょうぶだと思う」

「そう？」

「ああ。去年の夏は、ずいぶんがんばった」

「でもわからないでしょう。どちらが崩れるかわからないんだもの」

「ドイツだって崩れるかもしれない」

「まさか。それはないと思うわ」

おれはミス・バークリといっしょに、リナルディとミス・ファーガソンのところにいった。

「イタリアは好きですか？」リナルディがミス・ファーガソンにたずねている。

「とても」

「ごめん、わからない」リナルディが首を振った。

「アッバスタンツァ・ベーネ」おれが訳してやると、リナルディはまた首を振った。

「どうもうまくいかないな。イングランドは好きですか？」

「あまり。あたし、スコットランド出身だから」

リナルディは首をかしげて、おれを見た。

「つまり、彼女はスコットランド人だから、イングランドよりスコットランドのほうが好きだといっているんだ」おれはイタリア語でいってやった。

「しかしスコットランドはイングランドじゃないのか？」

おれはそれを英語でミス・ファーガソンに伝えた。

「ちがうわ《パ・ザンコール》」ミス・ファーガソンがいった。

「ちがう？」

「ぜんぜん。あたしたち、イングランド人は嫌いよ」

「イングランド人は嫌い？　ミス・バークリは嫌い？」

「あ、それは別。なんでも文字通りにとっちゃだめ」

しばらくして、おれたちは、挨拶して別れた。帰り道でリナルディがいった。「ミス・バークリはおまえのほうが好きらしいな。まちがいない。だが、あの小柄なスコットランドの女の子はすごくかわいい」

「たしかに」おれはそう答えたが、じつはあまりよく観察してなかった。「好きになったのか？」

「いや」リナルディがいった。

第5章

次の日の午後、またミス・バークリを訪ねた。庭にいなかったので、傷兵運搬車がとまる屋敷の横の入口にいってみた。なかに婦長がいて、ミス・バークリは勤務中だといわれた。「戦争ですからね。ご存じでしょう?」

おれは、知ってますと答えた。

「イタリア軍にいるアメリカの方?」

「ええ、そうです」

「どうしてまた? その、なぜわたしたちイギリス軍にいらっしゃらなかったの?」

「わかりません。いまからでも参加できますか?」

「今からでは無理でしょうね。でも教えてちょうだい。なぜイタリア軍に志願なさったの?」

「イタリアにいたんです。それに、イタリア語ができたし」

「あら、そう。わたしもいま習っているところなんですよ。美しい言葉でしょう」

「だれかが、二週間で覚えられるといってました」

「わたしには無理ね。もう何ヶ月も習っているの。よかったら、七時過ぎにミス・バークリに会いにいらっしゃるといいわ。その時間には、仕事は終わってるはずだから。でも、イタリア兵をたくさんつれてこないでくださいね」

「美しい言葉を話してもだめですか?」

「美しい軍服を着ていてもだめ」

「じゃ、失礼します」

「じゃ、またね《アリヴェデルチ》。中尉《テネンテ》」

「では、また《アリヴェデルラ》」おれは敬礼して、外に出た。外国人にイタリア式の敬礼をするのは、照れくさくてしょうがない。イタリア式の敬礼は輸出には不向きだ。

その日は一日暑かった。おれは川の上流にあるプラーヴァの橋頭堡《きょうとうほ》[2]までいってみた。オーストリア軍が守っている対岸にはイタリア軍の橋頭堡が築いてあり、そこから進撃が開始されることになっている。昨年は、イタリア軍は対岸まで進めなかった。こちら側は丘の上から浮き橋[3]まで下る道路が一本しかなく、その道がほぼ一マイルにわたって敵の機関銃や大砲にさらされていたからだ。さらに、道は攻撃に必要な物をすべて運べるほど広くないために、オーストリア軍によってさんざんな日にあう可能性もあった。ところが今年、イタリア軍は川を渡り、そこからオーストリア軍を相手

2 川の対岸を攻略するために、対岸に築いた陣地。
3 軍事的にかけた簡易的な橋。橋脚はなく、水面に浮かんでいる。

に軽く一マイル半ほどにわたって展開した。そこは、オーストリア軍は死守すべき要所だったのだ。しかしこれで五分五分になったといえるかもしれない。というのも、オーストリア軍は下流にひとつ橋頭堡を築いているからだ。オーストリア軍の塹壕《ざんごう》は丘の斜面にあって、いまその数ヤード下にイタリア軍の前線がある。そのあたりには以前、小さな町があったのだが、いまは瓦礫の山だ。ほかには鉄道の駅の残骸と、無惨な姿になった鉄橋がある。鉄橋はどこからでも見えるので、修理して使うことは不可能だ。

おれは細い道路を川に向かった。車は、丘のふもとにある応急治療所に置いてきた。浮き橋を渡り、見る影もない町と丘の斜面に作られた塹壕の中を歩いていった。兵士はすべて、塹壕の中にしつらえた待避壕にいる。信号弾はいつでも打ち上げられるようになっている。砲兵隊の掩護《えんご》を求めるときや、電話線が切断されたときには、それで知らせるのだ。あたりは静かだった。暑くて、土埃が舞っている。鉄条網のむこうに、オーストリア軍の前線がみえる。人の姿はない。待避壕のひとつに知り合いの大尉がいたので、一杯飲んで、それから浮き橋をもどってきた。

新しい広い道が完成寸前だった。この道は山のむこうから、ジグザグにこの浮き橋まで下りてくることになっている。これが完成したら、進撃開始だ。道は森のなかではあちこちに急カーブがある。作戦では、この新しい道を使ってすべて運びこみ、一方、空《から》になったトラックや荷車、負傷兵を乗せた傷兵運搬車、帰りの車などは既存の細い道路をもどることになっている。応急治療所は川の対岸、つまりオーストリア軍が陣を置く丘のふもとにあって、そこから担架をかついだ兵士が浮き橋を渡って負傷兵を運んでくる手はずになっている。進撃が始まっても、それは変わらないはずだ。この目でながめる限り、新しい道路が平坦になり始めるあたり一マイルかそこらは、オーストリア軍の絶え間ない砲撃にさらされそうだ。かなり悲惨な状態になる可能性がある。だが、そこをいったんかいくぐれば、敵の死角になる場所がある。そこで、浮き橋を運ばれてくる負傷兵を待てばいい。おれは新しい道路を車で走ってみたかったが、まだ道路は完成していない。かなり広くて、うまく勾配がつけてある。山腹の森の所々にみえる急カーブがとても目を引く。輸送に使う車は性能のいいメタル・ブレーキがついているからだいじょうぶだろうし、下ってくるときには、荷物は積んでいないはずだ。おれは車で細い旧道をもどった。

ふたりの憲兵に車を止められた。砲弾が一発落ちたとのことだった。足止めをくっているうちに、また三発道路に命中した。七十七ミリ砲弾で、空中を飛ぶ音がきこえたかと思うと、激しい光を発して炸裂《さくれつ》し、灰色の煙が道路の上を流れた。憲兵が手を振って、通れと合図した。砲弾の落ちた場所に近づくと、あちこちへこんだ場所を避けて走った。爆薬や、焼けた土や石、割れた燧石《すいせき》のにおいがした。ゴリツィアの宿泊所にもどると、前に書いたとおり、おれはミス・バークリを訪ねたが、勤務中だったのだ。

おれは夕食をさっさとすませ、イギリス軍が病院にしている屋敷までいってみた。屋敷はじつに大きくて美しく、立派な庭木に囲まれていた。ミス・バークリは庭のベンチに座っていた。隣にはミス・ファーガソンが座っている。ふたりとも、こちらをみて喜んでいるようだった。そのうち、ミス・ファーガソンが、じゃあねといって、いなくなった。

「ふたりだけにしてあげる。わたしがいないほうが仲良くなれるでしょう」

「ヘレンったら、いかないでよ」ミス・バークリがいった。

「いたいけど、手紙をいくつか書かなくちゃいけないの」

「では、また」おれはいった。

「じゃあね、ミスタ・ヘンリー」

「検閲官を困らせるようなことは、書かない方がいいですよ」

「ご心配なく。ここはほんとにきれいとか、イタリア軍はとても勇敢なの、とか書くだけ」

「勲章ものですね」

「あら、うれしいわ。じゃあね、キャサリン」

「すぐにいくから」ミス・バークリがいうと、ミス・ファーガソンは暗い中を歩いていった。

「いい人だな」

「そうよ。とってもいい人。看護婦なの」

「あなたも、看護婦でしょう？」

「いいえ、はずれ。わたしは救急ボランティア。だからいくら一生懸命働いても、信頼してもらえないの」

「なぜ？」

「何か用がないと、だれも信頼してくれないわ。戦いが始まったりすると、信頼してくれるようになるんだけど」

「どうちがうのかな?」

「看護婦はお医者さんみたいなもので、資格を取るのにずいぶん時間がかかるでしょう。でも、救急ボランティアは速成なの」

「なるほど」

「イタリア人って、女は前線に近づくべきじゃないって思っているわけ。だから、わたしたちはなるべくお行儀よくするようにしてるの。外出もしないし」

「だけど、男がやってくるのはかまわないのかな?」

「そりゃそうよ。ここは修道院じゃないんだから」

「戦争の話はやめよう」

「それって、すごく難しいわ。だって、どこにいっても戦争なんだもの」

「だけど、やめよう」

「わかった」

おれたちは暗い中で、たがいの顔をみた。キャサリンはとてもきれいだった。おれは手を取った。キャサリンは手を引っこめようとしなかったので、おれは手を握ったまま、もう片方の手を脇の下にまわした。

「だめ」キャサリンがいった。おれは手をまわしたままだった。

「どうして？」

「だめなの」

「だいじょうぶだって。ほら」おれは前かがみになってキスをしようとした。その瞬間、目から火花が散った。思いきり引っぱたかれたらしい。鼻と目を直撃されて、涙がにじんだ。

「ごめんなさい」キャサリンがあやまった。おれは、これで少し有利になったような気がした。

「いや、あやまることはないよ」

「本当に、ごめんなさい。看護婦は夜、非番になるとみんなこんなことをしてるなんて思われたくなかったの。引っぱたくつもりはなかったのよ。痛かったでしょう？」

キャサリンは暗い中で、こちらをみている。おれはむっとしていたが、自信はあった。チェスでもやっているときのように、先が読める気がした。

「こっちが悪かったんだ。ちっとも気にしてないよ」

「これまでちょっと変わった暮らしをしていて、ほら、英語をしゃべる機会もなかったたろ。そこにこんな美人が現れたもんだから」おれはキャサリンをみた。

「何いっているの？　わたし、あやまったわよね。さ、仲直りしましょう」

「わかった。それに戦争のことも話さずにすんだし」

キャサリンは声をあげて笑った。彼女の笑い声をきいたのは、これが初めてだ。おれはキャサリンの顔をみつめた。

「やさしいのね」

「いや、そんなことない」

「そうよ。いい人だわ。ねえ、キスしていい？」

おれはキャサリンの目をのぞきこむと、さっきと同じように手を回して、キスをした。おれは激しくキスをしながら、舌を差しこもうとした。キャサリンの唇はかたく閉じたままだ。おれはむっとしたまま、強く抱きしめていると、いきなりキャサリンが体を震わせた。おれはきつく抱きしめた。心臓の鼓動が伝わってくる。キャサリンは唇を開き、のけぞらせた頭をおれの腕にあずけた。そしておれの肩で泣いた。

「痛かったわよね」

「ね、悲しませないでちょうだいね」

ばかばかしいと、おれは思いながら、キャサリンの髪をなで、肩をたたいてやった。まだ泣いている。

「ね、お願い」キャサリンはおれを見上げた。「わたしたち、これからまったく新しい生活をすることになるんだから」

おれはキャサリンを屋敷の玄関まで送っていった。彼女がなかに入ると、おれは宿舎に帰った。階段をあがって部屋に入ってみると、ベッドに寝転がって本を読んでいたリナルディがこちらをみた。

「ミス・バークリとはいいところまでいったらしいな」

「まだ友だちってとこかな」

「そのうれしそうな様子ったら、まるで、さかりのついた犬みたいだぞ」

おれは何をいわれたのかわからなかった。

「なんだって？」

リナルディは説明した。

「そっちだって、犬っていえば犬みたいじゃないか……」

「待て待て。けなし合ってもしょうがないだろう」リナルディは声をあげて笑った。

「おやすみ」

「おやすみ、ワンちゃん」

おれはリナルディのロウソクを枕で倒して暗くしてやると、ベッドに入った。

リナルディはロウソクを拾いあげると、火をつけてまた本を読み始めた。

第6章

二日ほど、本隊の前方に配置された待機場所をまわっていて、もどってきたときは時間がおそかったので、ミス・バークリに会うのは、次の日の晩になった。彼女は庭にいなかったので、おれは病院の事務室で待つことにした。事務室になっている部屋のまわりにはたくさんの胸像が、色を塗った木の台に置かれていた。事務室から出た廊下にも、胸像が並んでいる。上質の大理石でできていて、みな同じようにみえる。彫像というのはどれもながめていて退屈だ。ブロンズのものは多少、おもしろいと思う。しかし、大理石の胸像が並んでいると、まるで墓地だ。そういえばひとつ素晴らしい墓地が――ピサにある。ジェノヴァには出来の悪い胸像が多い。この病院は、かなり裕福なドイツ人の別荘だった。これだけの彫像を集めるにはずいぶん金がかかっただろう。いったいだれが彫ったのか、そして、その彫刻師はいくらもらったのか。ここの胸像がどこかの一族の顔を模したものなのかどうか、目をこらしてみたが、どれもそろって古代ギリシア・ローマの顔をしている。それ以外のことは何もわからない。

おれは椅子に腰かけて、帽子を手に持っていた。ここゴリツィアでもヘルメットをかぶることになっていたが、ヘルメットはうざったいし、まだだれも避難していない町では目立ってしょうがない。待機場所にいくときにはかぶっていくし、イギリス製のガスマスクも持っていく。ちょうどガスマスクが配給されるようになったところだった。それも見かけ倒しではない本物だった。それからオートマティックのピストルも持つようになった。軍医も衛生将校も携帯している。ピストルが椅子の背にあたっているのがわかる。外からみえるように下げていないと、逮捕されることもある。リナルディはホルスターにトイレットペーパーをつめて下げている。おれはちゃんとピストルを入れていたが、射撃の訓練を始めるまでは西部の無法者になったような気がしていた。ピストルはアストラの七・六五ミリ口径。短い銃身が、引き金を引くたびに跳ねあがるため、まず当たらない。おれは繰り返し練習するうちに、標的のかなり下をねらい、ばかばかしいくらい短い銃身の跳ね上がりをおさえるこつをつかんで、ようやく二十歩離れた標的を中心にした一メートルくらいの円の中になら弾丸を撃ちこめるようになった。その頃には、ピストルを携帯するのがばからしくなってきて、そのうちどうでもよくなり、腰にぶつかっても何も感じなくなったが、英語のわかる人間と会うときには、なんとなく恥ずかしいような気になった。椅子に座っていると、デスクのむこうから看護兵らしい男にとがめるような目でにらまれた。おれは大理石の床や、大理石の胸像ののった台や、壁のフレスコ画なんかをながめながら、ミス・バークリを待っていた。フレスコ画は好きだ。とくに顔料がはげかけてくると、どれもいい感じになる。

キャサリン・バークリが廊下をやってきたので、おれは立ち上がった。こちらにやってくるのをながめていると、背は高いようには見えず、とてもかわいい。

「こんばんは、ミスタ・ヘンリー」

「やあ、元気?」看護兵がデスクのむこうで聞き耳を立てている。

「ここに座る？　それとも庭に出る？」

「外に出ましょう。ずっと涼しいから」

おれは彼女のあとについて庭に出た。看護兵がこちらを目で追っている。砂利道に出ると、彼女がいった。「どこにいってたの？」

「待機場所」

「書き置きか何かくれればよかったのに」

「いや、時間がなくて。すぐにもどってくる予定だったし」

「でも、そういうことって、ちゃんと知らせてくれなくちゃ」

おれたちは砂利道からそれて、木立のなかを歩いた。おれは彼女の両手をつかんで立ち止まり、キスした。

「どこかいい場所がないかな？」

「ないわ。ここを散歩するくらいね。それにしても、ずいぶん長いことといなかったわね」

「三日目だよ。それに、こうやってもどってきたし」

彼女はこちらをみた。「ねえ、好き？」

「ああ」

「こないだ、愛してるって、いってくれたわよね」

「ああ」おれは嘘をついた。「愛してる」しかし、前にいった覚えはない。

「キャサリンって呼んで」

「キャサリン」おれたちはしばらく歩いて、木の下で立ち止まった。

「ねえ、こういって。『キャサリン、夜になったから、きみのところにもどってきたよ』って」

「キャサリン、夜になったから、きみのところにもどってきたよ」

「本当に、もどってきてくれたのね」

「ああ」

「大好き。だけど、ずっとさびしくてたまらなかった。もう黙っていったりしない？」

「だいじょうぶ。もどってくるよ」

「ああ、大好き。ね、この前みたいに後ろに手を回して」

「ずっと、そうしているよ」こちらをむかせて、彼女の顔をみながらキスした。キャサリンは目をつぶっていた。おれは閉じているふたつのまぶたにキスした。キャサリンは夢中になりかけているらしい。が、それでもかまわない。このまま、なりゆきにまかせよう。毎晩、将校相手の女がいる店にいくよりはましだ。ああいう店では、女が抱きついてきたり、別の将校と二階にいっていないときには軍帽を逆にかぶって愛想を振りまいたりする。ひとつわかっていたのは、おれはキャサリン・バークリを愛してなんかいないということだった。そんな気はない。これはゲームだ。ブリッジみたいなものだ。カードのかわりに、言葉をやりとりするゲーム。ブリッジと同じで、金か何かを賭けているつもりになるのが大切だ。何を賭けているかはだれにもわからない。おれは、それでいい。

「どこかいい場所がないかなあ」キスから先にいけないのは、男としてかなりつらい。

「ないと思う」キャサリンはふっとわれに返ったようだった。

「あそこにいって座ろうか」

おれたちは石のベンチに腰かけた。おれはキャサリン・バークリの手を握った。彼女は腕を回させてくれなかった。

「疲れた？」キャサリンがきいた。

「いや」

　彼女は芝生をみつめている。

「こんなゲーム、ばかみたい」

「ゲームって?」

「わかってるくせに」

「いや、わからない。本当だ」

「あなたはいい人ね。ゲームのやりかたもちゃんと知っているし。でも、ばかばかしい」

「いつも相手の考えていることがわかるのかい?」

「いつもじゃないわ。だけど、あなたの考えていることはわかる。愛しているふりなんかしなくていいのに。今夜は、もうおしまいにしましょう。ほかに話したいこと、ない?」

「いや、本当に愛してるんだ」

「嘘つかなくていいときには、嘘はつかなくていいの。ちょっと気取ったお芝居をしてみただけ。でも、もうだいじょうぶ。ほら、もう妙に興奮してないし、落ち着いているでしょう。ときどき、ああなるだけ」

おれは彼女の手を握りしめた。「キャサリン」

「いまきくと、なんだか変――キャサリンって。あなたの言い方もずいぶん違ってたし。でも、あなたはとてもいい人だわ。満点の青年ね」

「神父にもよくいわれるよ」

「ええ、とてもやさしい。ねえ、また会いにきてくれる？」

「もちろん」

「愛してるなんていってくれなくていいから。それはしばらく、置いておきましょう」彼女は立ち上がって、手を差し出した。「おやすみなさい」

おれはキスしようとした。

「だめ。もう疲れてぐったりなの」

「キスしてくれないか？」

「疲れてぐったりなの」

「キスしてほしい」

「そんなに？」

「うん」

おれたちはキスした。いきなり彼女が体を引いた。「だめ。おやすみなさい」いっしょに入口までいくと、おれは彼女がなかに入って廊下を歩いていくのをながめていた。彼女のしぐさをみているのは楽しかった。彼女は廊下を歩いていく。おれも宿舎にもどることにした。暑い晩だった。山のあたりではかなり激しい戦闘が続いているようだ。サン・ガブリエーレ山で閃光がほとばしっている。

おれは将校専用の店、ヴィッラ・ロッサの前で立ち止まった。鎧戸《よろいど》は閉まっているが、まだ客がなかにいる。だれかが歌っている。おれはそのままもどることにした。部屋で服を脱いでいると、リナルディが入ってきた。

「ほう！　しくじったのか。そんな顔して」

「どこにいってたんだ？」

「ヴィッラ・ロッサ。とてもためになった。全員で歌ってたんだ。そちらは？」

「イギリス人のところだ」

「やれやれ、イギリス人なんかと仲良くならなくてよかったよ」

第7章

次の日の午後、山にある第一待機場所からもどると、車を仮収容所にとめた。そこでは傷兵たちが書類によって各病院に振り分けられる。おれがそのまま車の中に座っていると、運転手が書類を受け取りにいった。暑い日で、空はまぶしいくらいに青く、道は土埃で白い。フィアットの高い座席に座って何も考えないでいると、連隊が通りかかった。兵士たちはかなり暑そうで、汗をかいている。鉄のヘルメットをかぶっている者もいるが、ほとんどは背負った背嚢《はいのう》にぶら下げている。どのヘルメットもたいがい大きすぎて、かぶっている男の耳までおおっている。将校は全員ヘルメットをかぶっているが、こちらはサイズが合っている。バジリカータ旅団の半数が行軍しているらしい。紅白のストライプの襟章でわかる。連隊がいってしまってかなりあとから落伍兵がやってきた。部隊についていけなくなった連中だ。汗と土埃にまみれ、疲れきっている。何人かはかなり具合が悪そうだ。兵士がひとり、落伍した兵士たちのいちばんあとからやってきた。足を引きずっている。兵士は立ち止まって、道ばたに座った。おれは車から降りていってみた。

「どうした?」

兵士はおれをみると、立ち上がった。

「先を急ぎます」

「どうしたんだ?」

「——戦闘で」

「脚がどうかしたのか?」

「いえ、脚ではなく、ヘルニアなんです」

「どうして輸送車に乗せてもらわない? 病院にいけばいいだろう」

「いかせてもらえないんです。中尉《テネンテ》に、わざと脱腸帯をはずしただろうといわれて」

「ちょっと、触らせてくれ」

「もう出てます」

「どっち側に出てる?」

「こちら側です」

おれは触ってみた。

「咳をして」

「もっと出るんじゃないか心配です。今朝の二倍くらいになってるんです」

「ちょっと座ってろよ。あそこにいる傷病兵の書類をもらったらすぐに、車に乗せて、きみの連隊の軍医にあずけていく」

「どうせ、わざとやったんだろうといわれるだけです」

「だからといって、どうしようもないだろう。ヘルニアは傷じゃない。持病なんだろう？」

「しかし、脱腸帯をなくしてしまいました」

「病院に送ってもらえるよ」

「ここにいてはいけませんか、中尉《テネンテ》？」

「無理だな。書類がない」

運転手が仮収容所のドアから出てきた。車に乗せた負傷兵の書類を持っている。

「105に四人。132にふたりです」運転手がいった。105も132も川の対岸にある病院だ。

「じゃ、運転してくれ」おれは運転手にそういうと、ヘルニアの兵士に手を貸して車に乗せてやった。

「英語、しゃべれるんですか?」兵士が英語できいてきた。

「もちろん」

「このろくでもない戦争、どう思います?」

「最悪だな」

「ぼくも、そう思います。くそっ、本当に、最悪だ」

「アメリカにいたのかい?」

「はい。ピッツバーグにいました。そうか、やっぱりアメリカ人だったんですね」

「イタリア語、下手かな?」

「いや、ぴんときたんです。アメリカ人だなって」

「アメリカ人がもうひとりか?」運転手がヘルニアの兵士をみて、イタリア語でいった。

「中尉、自分の連隊にもどらなくちゃだめですか?」

「ああ」

「軍医は、ぼくがヘルニアなのを知ってるんです。じつは、脱腸帯、自分で捨てたんです。悪くなれば、もう前線にいかずにすむと思って」

「なるほど」

「どこか、ほかのところに連れていってもらえませんか？」

「前線あたりだったら、一番近い病院に連れていってやれるんだが、ここじゃ、書類がないと無理だな」

「連隊にもどったら、手術を受けさせられて、前線送りになって、そのままもどってこられません」

おれは考えてしまった。

「前線にやられて、そのままなんて、いやでしょう？」

「いやだな」

「くそっ、ほんとに、最悪の戦争だ」

「ひとつ提案だ。車から降りろ。それから道ばたで転んで頭にこぶを作っておけ。そうすれば、もどってくるときにまた車に乗せて、どこかの病院に連れていってやる。アルド、ちょっととめてくれ」車が道の脇でとまった。おれは兵士を降ろしてやった。

「絶対、ここにいますから、中尉」

「じゃあな」おれは声をかけた。おれたちは先を急いだ。一マイルほどいったところで、さっきの連隊を追い越し、川を渡った。雪解けの濁流が勢いよく橋桁《はしげた》のあいだを流れている。平野を横切る道を走って負傷兵をふたつの病院に届けた。帰りはおれが運転した。荷がなくなったので飛ばしながら、ピッツバーグにいたという男をみつけにいった。まずあの連隊に出くわした。兵士たちは暑くてたまらないらしく、行軍の速度もかなり落ちている。それから落伍兵たち。それから、負傷兵を運ぶ馬車が道にとまっているのがみえた。男がふたり、ヘルニアの兵士を持ちあげて馬車にのせている。連隊から、兵士をさがしてもどってきたところらしい。ヘルニアの男はおれに気づいて、首を振った。ヘルメットはなく、髪の生え際の下から血が流れている。鼻はすりむけ、出血している部分に土がこびりつき、髪も土埃にまみれている。

「このこぶをみてくださいよ、中尉！」兵士が大声でいった。「しょうがないですね、連れもどされちゃ」

宿舎に着いたのは午後五時。おれは洗車場にいってシャワーを浴びた。それから部屋で報告書をまとめた。ズボンに下着のシャツという恰好で、開け放した窓の前に座って書いた。二日後、攻撃が開始される予定で、おれは運搬車数台といっしょにプラーヴァにいくことになっている。故国アメリカにはもうずいぶん長いこと手紙を書いていない。書かなくてはとは思っているのだが、あまりにごぶさたしてしまったせいで、いまさら書けないでいるというのが正直なところだ。そもそも書くことが何もない。二、三回、戦地郵便葉書を、「元気です」という箇所以外すべて消して送ったことがある。それでいいとしよう。この葉書、アメリカではおもしろがってもらえるはずだ。奇妙で不思議な感じがある。ここは奇妙で不思議な戦場だ。しかしオーストリア軍相手のほかの戦地とくらべれば、地形もよく守りやすいほうだと思う。オーストリアの軍隊は、ナポレオンに勝利をささげるために創設された。ただ、どんなナポレオンでもよかったらしい。まったく、おれたちにナポレオンがいればよかったのだが、こちらにいるのは、でぶで金持ちのイタリア軍総参謀長、カドルナ将軍と、ちびで首の長い、ヤギひげのイタリア国王、ヴィットリオ・エマヌエーレだ。戦線の右翼を指揮しているのはアオスタ公爵。ハンサムすぎて大将軍という感じではないが、りりしくはある。公爵に国王になってほしいと思っている国民も少なくないはずだ。たしかに国王顔だと思う。アオスタ公は国王のおじで、第三軍を指揮している。おれたちが配属されているのは第二軍。第三軍にはイギリスの砲兵隊もいくつか加わっている。その隊にいた砲兵ふたりに会ったことがある。ミラノだった。ふたりともいいやつで、三人で楽しい夜を過ごした。ふたりとも大柄で、内気で、照れ屋で、あらゆることをいっしょに楽しむというところがあった。おれも、イギリス軍にいればよかったかもしれない。いろんなことが、ずっと簡単に運んだはずだ。が、死んでいたかもしれない。傷兵運搬車の任務で死んでいたというわけではない。もちろん、こんな任務で死ぬことだってある。イギリス軍の運搬車の運転手だって死ぬことはある。ただ、おれが死ぬことはないと思う。この戦争で死ぬことはないだろう。この戦争はおれとは関係がない。映画の戦争みたいなもので、自分に危険がおよぶことはないような気がする。が、早く終わってほしい。おそらく、この夏には終わるだろう。おそらく、オーストリア軍が敗退するだろう。いままでの戦いでも常にそうだった。まったく、この戦争はなんなんだ。だれもが、フランスは負けたといっていたはずだ。リナルディは、フランスでは反乱が起こって、反乱軍がパリの街をわが物顔に歩いているといっていたじゃないか。ところが、それからどうなったんだときいてみたら、リナルディは「ああ、鎮圧されたってさ」と答えた。そういえば、平時のオーストリアにいってみたかった。ドイツ南西部の「黒い森」にいってみたかった。ハルツ山脈にいってみたかった。

しかし、ハルツ山脈はどこにあったっけ？ カルパチア山脈では戦闘が行われている。もともと、あそこにはいきたくない。だが、いいところなのかもしれない。戦争さえなければ、スペインにいってもいい。日が落ちて、涼しくなってきた。夕食を終えたら、キャサリン・バークリに会いにいこう。いまここにいればいいのに。いや、いっしょにミラノにいられたらもっといい。〈コーヴァ〉で食事をして、夕暮れの暑い頃、いっしょにマンゾーニ通りを散歩して、運河を渡って、運河ぞいにホテルにいく。たぶん、キャサリンはいっしょにきてくれるだろう。そして戦死した恋人に接するように接してくれるだろうから、いっしょにホテルの前までいくと、ポーターが帽子を取って挨拶をして、おれはコンシェルジュのデスクでキーをもらい、そのあいだ彼女はエレベータのそばで待っていて、おれといっしょにエレベータに乗ると、エレベータはゆっくり上がっていきながら、各階ごとにちりんと音を立てて、やがて目的の階につくと、ボーイがドアを開けてくれて、彼女が降りて、おれが降りて、いっしょに廊下を歩いていって、ドアにキーを差しこんで開けて中に入って、おれが電話の受話器を取って、たっぷり氷をいれた銀のアイスペールにカプリの白を入れてもってきてくれと頼むと、氷がアイスペールにぶつかる音が廊下をやってきて、ボーイがノックをするから、ドアの外に置いておいてくれという。というのも、ふたりとも裸で、なにしろ暑いから、窓は開け放してあって、ツバメが家々の屋根の上を飛んでいて、やがて暗くなると、小さなコウモリが家の上や木の梢あたりで餌をあさっているのが窓から見えるし、おれたちはカプリを飲んで、ドアはロックされていて、暑いし、シーツ一枚あれば充分で、朝まで愛し合って、一晩中、暑い夜をミラノで過ごす。こうでなくちゃいけない。さっさと夕食をすませて、キャサリン・バークリに会いにいこう。

食堂では、だれもがうるさくしゃべっていて、おれがワインを飲んだのは、今晩はちょっと飲まないとつまはじきにされそうだったからで、神父と、ジョン・アイアランド大司教の話をしたところ、どうやら、この大司教は立派な人物なのにひどい目にあってきたらしく、おれもアメリカ人として結果的にそれに荷担しているということで、そういったことはまったく知らなかったが、知っているふりをしておいた。というのも、その原因についてすばらしい説明をきかされて、知らないというのは失礼だろうと思ったからだ。どうやらその原因は、誤解に基づくものだったらしい。それにしてもこの大司教はいい名前を持っていたと思う。ミネソタの出身だったから、ミネソタのアイアランド、ウィスコンシンのアイアランド、ミシガンのアイアランド、どれもいい。なぜいいかというと、アイアランドという言葉は島《アイランド》という言葉に似ているからでしょう。いや、そうではなくて、もっと深い理由があるはずです。そうですね、神父さま。その通りです、神父さま。おそらくそうです、神父さま。ちがいますよね、神父さま。たぶん、そうなんでしょう、神父さま。それに関しては、神父さまのほうがずっとよくご存じですよ。聖職者というのは、質《たち》はいいが、退屈だ。将校というのは、質《たち》が悪くて、退屈だ。国王は質《たち》はいいが、退屈だ。ワインは質《たち》が悪いが、退屈ではない。ワインは歯のエナメル質をはがして、上あごの裏にくっつけてしまう。

「その神父は刑務所に放りこまれた」ロッカがいった。「三分利付債券を持っているのがばれたんだ。まあ、フランスだったからな。ここだったら、逮捕されたりするもんか。神父は、五分利付債券はまったく知らないっていったらしい。フランス南部のベジエの事件さ。おれはそこにいて、新聞で読んで、刑務所にいって、その神父に面会させてくれと頼んだ。だって、そいつが債券を盗んだのはまちがいないんだ」

「ばかばかしい」リナルディがいった。

「ま、いいけどさ」ロッカがいった。「だけど、おれは、ここにいる神父さまのために話してるんだ。こういうことは知っておいていい。神父さまなんだから、きいておいて損はないだろう」

神父はほほえんだ。「どうぞ、続けてください。きいてますよ」

「当然、説明のつかない債券もあって、その神父は三分利付債券を全部持ってたし、地方債券も持ってたんだ。なんだったか、よく覚えてないけど。そこでおれは刑務所にいった。さ、ここからよくきいてくれよ。おれは独房の前に立って、告解《こっかい》をするような調子でこういったんだ。『どうぞ、祝福を。神父さま、あなたは罪を犯しました』」

みんなどっと笑った。

「その神父はなんと答えたのですか?」神父がたずねた。ロッカはそれを無視して、おれにオチを説明した。「な、わかるだろ?」たしかに、意味さえちゃんと理解できれば、おもしろいジョークだった。おれはまたワインを注がれたので、シャワーの下に連れてこられたイギリス人兵士の話をした。すると少佐が、十一人のチェコスロバキア人とハンガリー人の伍長の話をした。またワインを注がれたので、今度は、一ペニー硬貨をみつけた騎手の話をした。すると少佐が、それに似た話がイタリアにもあって、それは夜眠れない公爵夫人の話なんだといった。このあたりで神父が帰っていったので、おれがまたひとつ話をした。訪問販売のセールスマンが朝の五時に、北風の吹きつけるマルセイユにやってきたという話だ。少佐が、そういえば、きみは飲めるらしいなといった。おれは、いや、そんなことはありませんよといった。少佐は、いや、そんなことはないだろう、バッカスの死体にかけて、本当か嘘か、試してみようといった。バッカスにかけて、というのは、やめましょうよと、おれはいった。かんべんしてください。いや、バッカスにかけてだと少佐がいいはった。そこにいるバッシ・フィリッポ・ヴィチェンツァと飲みくらべをしろといってくる。すると、バッシが、それはごめんですよ、自分のほうがもう二倍も飲んでるんですからといった。おれは頭にきて、こういってやった。嘘をつくな、バッカスにかけようがかけまいが、おまえがフィリッポ・ヴィチェンツァ・バッシだろうが、バッシ・フィリッポ・ヴィチェンツァであろうが、今晩まだ一滴も飲んでないじゃないか、それに、だいたいお前の名前はなんなんだ？　するとバッシはこういった。あんたの名前はフェデリコ・エンリコか、それともエンリコ・フェデリコか、どっちなんだ？　おれはこういった。バッカスはもういいから、とにかく飲みくらべを始めよう。少佐はおれたちのマグカップに赤ワインをついだ。おれは途中まで飲んだところで、いやになってきた。いくところを思いだしたのだ。

「バッシの勝ちだ」おれはいった。「おれより強い。さ、いかなくちゃ」

「こいつは、本当にいかなくちゃいけないんだ」リナルディがいった。「デートがあるからな。こいつのことなら、すべてお見通しさ」

「いかなくちゃ」

「そのうちまたな」バッシがいった。「そっちが飲めそうな晩にやろう」バッシはおれの肩をたたいた。テーブルの上に、火のともったロウソクが何本かある。どの将校もご機嫌だ。

「じゃ、みなさん、失礼します」おれはいった。

リナルディがいっしょに出てくると、食堂のまえでいった。「酔っぱらってあそこにいくのはやめとけ」

「酔っぱらってないって。だいじょうぶだ」

「コーヒー豆でもかんでいけよ」

「ばかばかしい」

「持ってきてやるから、そこらへんを歩いてろ」リナルディは、ローストしたコーヒー豆を片手にいっぱい持って出てきた。「ほら、かめよ。神がともにあらんことを」

「酒の神様バッカスに祈ってるのか？」

「途中までいっしょにいってやる」

「ほんとに、だいじょうぶだって」

おれはリナルディといっしょに町をあるきながら、コーヒー豆をかんだ。イギリス軍が病院に使っている屋敷の私道までくるとリナルディが、じゃあなといった。

「じゃあな」おれもいった。「寄っていかないのか？」

リナルディは首を振った。「やめとくよ。もっとお手軽な楽しみのほうがいい」

「コーヒー豆、ありがとう」

「いやいや。なんてことないって」

おれは私道を入っていった。両側に並んでいるイトスギの影が、くっきり浮かびあがっている。振り返ると、リナルディがまだこちらを見ていたので、手を振った。

　おれは病院の待合室に座って、キャサリン・バークリがやってくるのを待っていた。だれかが廊下をやってきたので、立ち上がると、キャサリンではなかった。ミス・ファーガソンだ。

「こんばんは。キャサリンに頼まれてきたの。申し訳ないけど、今夜は会えないって」

「それは残念だ。病気でないといいんだが」

「元気いっぱいってわけでもないみたい」

「とても残念がっていたと、伝えてほしい」

「わかったわ」

「明日もきていいかな？」

「いいんじゃない？」

「わざわざ、ありがとう。おやすみ」

　外に出ると急に、ひとりぼっちでさびしくなってきた。キャサリンと会うのを軽々しく考えていて、酔っぱらって、会いに来るのも忘れかけていたくせに、ここにきて会えないとなったら、さびしくて、やりきれなくなってきた。

第8章

次の日の午後、連絡が入った。夜、川の上流で攻撃が始まるので、運搬車四台とともに現地に向かうようにとのことだ。だれひとり、作戦については何も知らないくせに、だれもが専門家のような顔をして、戦略的にどうのこうのと話している。おれは一台目の車に乗って、イギリス軍の病院の前までくると、運転手にとまるようにいった。ほかの三台もとまった。おれは車から降りると、ほかの車の運転手に指示を与えた。先にいってくれ、もしおれたちの車が追いつかなかったら、コルモンスにいく道路に入る十字路で待っているように。おれは私道を駆けていくと、病院の待合室にいって、ミス・バークリに会いたいといった。

「勤務中です」

「少しでいいんだ」

当番兵が呼びにやられて、キャサリンを連れてもどってきた。

「元気か心配で、寄ってみたんだ。勤務中だといわれたから、会わせてほしいと頼んでみた」

「元気よ。昨日は、暑さでまいっちゃったみたい」

「もういかなくちゃ」

「二、三分なら、出られるわ」

「本当に、だいじょうぶ？」外に出ると、おれはきいてみた。

「だいじょうぶ。今晩、きてくれる？」

「いや、プラーヴァの北のほうでショーがあって、それに出なくちゃいけないんだ」

「ショー？」

「こぢんまりしたやつさ」

「もどってくるの？」

「明日」

彼女は首から何かはずして、おれの手に置いた。「聖アントニオ像よ。明日の夜、きてね」

「カトリックだったっけ？」

「いいえ。でも、聖アントニオは大切にすると、いいことがあるって」

「じゃ、きみの代わりに大切に預かっておく。じゃあ、さようなら」

「さようならはやめて」

「わかった」

「いい子でいてね。それから気をつけて。だめ、ここじゃキスは禁止なの。だめ」

「わかった」

振り返ると、彼女は玄関前の階段に立っていて、手を振ってくれた。おれも掌にキスして差しだした。彼女はもう一度手を振ってくれた。おれは私道から出て、傷兵運搬車に乗り、出発した。聖アントニオは白い金属製の小さなケースに入っていた。開けて、中身を掌に出してみた。

「聖アントニオですか？」運転手がきいてきた。

「ああ」

「おれも持ってます」運転手は右手をハンドルから離すと、上着のボタンをはずして、シャツの下からそれを取り出した。

「ほら」

おれは聖アントニオをケースにもどして、細い金の鎖もいっしょに入れると、胸ポケットにしまった。

「首にかけないんですか？」

「ああ」

「かけたほうがいいですよ。そのためのものなんだから」

「わかった」おれは金鎖の留め金をはずして、首にまわすと、後ろで留め直した。聖アントニオの入った金属ケースが軍服の前にぶら下がったので、上着の襟をゆるめて、シャツの首のボタンをはずし、その下に入れた。胸に当たっている金属ケースのなかに聖アントニオがいるんだなと感じていたが、それも車に乗っている間のことで、すぐに忘れてしまった。あとで負傷することになるのだが、それきり聖アントニオにはお目にかかっていない。おそらく、応急手当をされているとき、だれかにとられたのだろう。

　かなりの速度で飛ばして、橋を渡ると、すぐにほかの運搬車の巻き上げる砂埃が見えてきた。弧を描いている道のむこうに、三台の車がとても小さく見える。タイヤの後ろから舞いあがる砂埃は森のなかに吸いこまれていく。おれたちは、先行する三台に追いついて、追い越した。道を曲がって、坂を登り、山の中に入る。先頭車に乗っていれば、数台連なって走るのも悪くない。おれはのんびりシートにもたれて、田舎の風景をながめていた。車は川岸近くの、山麓《さんろく》を走っていて、坂道を登るにつれ、高い山脈が北のほうに見えてきた。頂《いただき》にはまだ雪が残っている。後ろを見ると、残りの三台がついてきている。車間距離はちょうど砂煙分だ。しばらくして、荷物を積んだラバの長い隊列を追い越した。ラバを率いて横を歩いている男たちはトルコ帽をかぶっている。イタリア軍の狙撃兵だ。

ラバの隊列を過ぎると、道はからっぽになり、おれたちは低い山をのぼり、それから延々と続く尾根を越えて、谷へ下りていった。道路の両側には木が立ち並び、右側の木々のむこうに見える川は、澄んだ水が勢いよく軽やかに流れている。川は浅く、あちこちに小石混じりの砂洲《さす》が広がり、流れがせまくなっているところがあるかと思えば、丸石を敷きつめたような川底の上を水が光のようにおおっているところもある。岸近くが深い淵になっているところもあって、そこの水は空のように青い。石造りのアーチ型の橋がいくつかあって、本道から分かれた細い道路がそちらに続いている。道ぞいに並ぶ石造りの農家には、燭台のような形のナシの木が植えてあって、そのむこうに南側の壁や、畑の低い石塀が見える。車は長いこと谷間ぞいを走り、道を曲がったかと思うと、また山を登り始めた。坂は急で、車はクリ林のなかを大きく蛇行しながら進み、ようやく尾根に出て道は平坦になった。森の木々の間から見ると、はるか下のほうに、日の光にきらめく線のような川が、ふたつの軍隊をへだてているのがわかる。おれたちは尾根ぞいのできたばかりで整備されていない軍用道路を走っていった。北の方に山脈がふたつ見えてきた。雪線《せっせん》までは深緑だが、それから上は陽射しを浴びて、白く美しく輝いている。さらに尾根を登っていくと、もうひとつの山脈が見えてきた。それまでのふたつよりも高く、雪におおわれ、まるで石灰のように白く襞《ひだ》が刻まれていて、奇妙な棚のようになっている平らな箇所もある。さらにそのむこうも山が連なっているようだが、ぼんやりかすんでよく見えない。あれはオーストリアの山だ。イタリアにはあんな山はない。すぐ先に右に曲がる細い道が見えてきた。見下ろすと、道は一気に下りになって森のなかに消えていた。そこには部隊がいた。野砲を積んだトラックがあって、山ほど銃器をのせたラバの一隊がいた。車はそこにむかって道の端を進んでいく。はるか下の川が見える。川沿いに線路と枕木が走り、古い鉄橋を通って対岸にのびている。川のむこうの山すそに、家屋が瓦礫と化した町がある。イタリア軍が今夜、占領する予定の町だ。

暗くなる頃やっと、山を下りきって、本道に入った。本道は川沿いにのびている。

第9章

道路は混んでいた。道の両側も頭上も、トウモロコシの茎や藁でできたむしろでおおわれているので、まるでサーカスか先住民の村に入っていくような感じだ。むしろのトンネルのなかをゆっくり進んで反対側に出ると、そこは何もないだだっ広い場所だった。駅のあったところだ。道路は川の堤防より低く、その堤防ぞいにはずらっと塹壕が掘ってあって、中に歩兵がいる。日が沈みかかっていて、車のなかから堤防の上を見ると、対岸の丘の上に、オーストリア軍の偵察気球が夕日を背に黒々と浮かんでいた。煉瓦工場のむこうに車をとめた。煉瓦を焼く窯《かま》やいくつかの深い塹壕が仮収容所にあてられ、すでに必要な器具や備品が準備されている。知り合いの軍医が三名。そのうちの少佐と話してみて、次のことがわかった。戦闘が始まって、運搬車に負傷兵が積みこまれたら、おれたちはむしろでおおった道を抜け、本道に出て尾根を走り、待機場所かほかの車に負傷兵を渡すことになっているらしい。少佐は、道路がふさがったりしてなけりゃいいんだがといった。使える道路は一本だけなのだ。そしてむしろで隠してあるのは、対岸のオーストリア軍から丸見えだったからだ。この煉瓦工場にいれば、ライフルや機関銃の弾は届かない。堤防の陰になっているからだ。川にはひとつ橋がかかっているが大破していた。イタリア軍は砲撃を開始すると同時に、新たに橋をかける一方、いくつかの部隊が、上流の川が曲がっているところで浅瀬を渡ることになっている。少佐は小柄で、口ひげがぴんと上を向いている。リビアでのオスマントルコとの戦いにも参加したことがあって、傷痍《しょうい》章をふたつもらっている。少佐は、もしこの作戦が成功すれば、おれにも勲章をもらえるように手を回そうといってくれた。おれは、作戦は成功すると思いますが、それは気前がよすぎますよと答えた。おれが、運転手たちが入れるような大きめの待避壕はありませんかとたずねると、兵士をつけてその場所に案内させてくれた。その待避壕は申し分なかった。運転手たちが喜んだので、おれは連中をそこに置いてきた。少佐が、あとのふたりの軍医といっしょに飲まないかと誘ってくれた。四人でラムを飲んだ。うち解けた雰囲気だった。外が暗くなってきた。おれが、何時に攻撃が始まるんですかときくと、暗くなったらすぐという答えが返ってきた。おれは運転手たちのところにもどった。みんな待避壕のなかに座って話しこんでいる。おれが入っていくと、話がやんだ。おれはひとりひとりにタバコをひと箱ずつわたした。マケドニアというタバコだ。巻きがゆるくて葉がこぼれるので、吸うときには端をねじらないといけない。マネーラがライターに火をつけてみんなにまわした。ライターはフィアットのラジエーターのような形だ。おれは、みんなにきいてきたことを伝えた。

「くる途中、待機場所なんて見ませんでしたよ」パッシーニがきいてきた。

「本道から細い道に入っただろう、待機場所はあの先にあるんだ」

「あの道路はめちゃくちゃにやられますよ」マネーラがいった。

「砲火を浴びるのは、われわれですね」

「たぶん」

「中尉《テネンテ》、食事はどうするんですか？　攻撃が始まったら、ろくに食べる暇なんてありませんよ」

「ああ、ちょっときいてくる」

「われわれはここにいたほうがいいですか、それとも出歩いてもかまいませんか？」

「ここにいてくれ」

少佐たちのいる待避壕にいってきいてみると、すぐ野外炊事場に食事の用意ができるから、運転手たちもそこにいっていっしょにシチューを食べればいいといわれた。もし食器がないなら、貸してやってもいいといわれたので、おれは、いや、持っていると思いますと答えた。それからもどって、運転手たちに、食事の用意ができたらすぐに迎えにくると伝えた。マネーラが、攻撃が始まる前にくるといいですねといった。それきりだれも口を開かないので、おれはその場を去った。全員整備兵で、戦争が大嫌いなのだ。

おれは外に出て、車をチェックした。あたりをながめてから、もどってくると、待避壕のなかに座った。四人の運転手もいっしょだ。みんな壁にもたれて、地面に座って、タバコを吸っている。外はもうかなり暗い。待避壕の地面は温かく、乾いていた。おれは肩を壁に押しつけるようにして、腰を前にだし、楽な姿勢をとった。

「攻撃の口火を切るのはどの部隊ですかね?」ガヴッツィがきいた。

「狙撃兵だろう」

「全員で?」

「たぶん」

「本気で攻めるにしては、部隊が少ないですよね」

「本気で攻めるのはほかのところだろう。ここは相手の注意を引きつけておくだけだと思う」

「ここにいる部隊は、それを知ってるんですか?」

「いや、知らないと思う」

「知ってるわけないさ」マネーラがいった。「知ってたら、作戦に参加するはずないだろう」

「いや、知ってても、やるさ」パッシーニがいった。「連中はばかだからさ」

「狙撃兵は勇敢だし、厳しい訓練を受けている」おれがいった。

「たしかに胸は厚いし、たくましいけど、ばかに変わりはありませんよ」

「擲弾兵《てきだんへい》は背が高いからなあ」マネーラがいった。これはジョークで、みんな笑った。

「中尉《テネンテ》、攻撃命令をきこうとしなかった擲弾兵の部隊が、十人にひとりずつ殺されたとき、その場にいましたか?」

「いや」

「本当なんです。戦闘のあと、一列に並ばされて、十人にひとりの割合で引きずり出されて、憲兵に銃殺されたんです」

「憲兵か」パッシーニが地面につばを吐いた。「だけどあのときの擲弾兵は全員、百八十センチ以上あったんだろ。それなのに、攻撃しようとしなかった」

「だれも攻撃しようとしなくなったら、戦争は終わりだな」マネーラがいった。

「あの擲弾兵たちの場合は、話がちがうんだって。怖かったんだ。将校たちが全員、いいとこの出でさ」

「ひとりで出撃した将校だって、何人かはいたんだろう?」

「ある軍曹は、突撃しようとしない将校をふたり、その場で撃ち殺したらしい」

「出ていった部隊だって、あったんだろう」

「そういう部隊は、十人にひとりずつ射殺されたときには、並ばされなかったらしい」

「射殺された兵士のひとりは、同じ町の出身だったんだ」パッシーニがいった。「がっしりして頭がよく、背が高くて、擲弾兵部隊に入ったんだ。いつもローマにいって、いつも女の子といっしょで、いつも憲兵に目をつけられていたらしい」パッシーニは笑った。「いまそいつの家の前には銃剣を持った番兵が立っていて、だれも、父親や母親や妹に会えないらしい。父親は市民権を剥奪されて、投票もできない。つまり、法の保護の外にいるんだ。だから、だれでも財産を盗めるってわけだ」

「家族がそういう目に遭わなけりゃ、だれも突撃したりしないだろうな」

「いや、山岳兵はやるよ。近衛兵もやる。狙撃兵も、全員とはいわないけど、やるだろうな」

「狙撃兵も逃亡したことがあったっけ。もうみんな、忘れようとしてるけど」

「われわれにこんなこと話させてて、いいんですか、中尉《テネンテ》？　軍隊《エッヴィーヴァ》・万歳《レゼルチト》！」パッシーニが冗談半分にいった。

「こういう話が好きな人だろ？」おれはいった。「まあ、いいさ。ちゃんと運転して、出過ぎた真似を……」

「……しないで、ほかの将校のいるところでこんな話をしなければ」マネーラがあとを続けた。

「早く、この戦争を終わらせよう」おれはいった。「片方がやめたからって、戦争は終わらない。おれたちがやめたら、事態は悪くなる一方だ」

「いや、そうでもないんじゃないですか？」パッシーニが言葉を選んでいった。「戦争以上に悪いものなんて、ないでしょう」

「いや、ちがうと思います」パッシーニが、やはり言葉を選んでいった。「負けたところで、どうなります？　家に帰れるじゃありませんか」

「いや、敵が追いかけてくる。家をぶんどって、女きょうだいを連れていってしまう」

「どうですかね」パッシーニがいった。「いくら敵だって、だれかれかまわず、そんなことはしないでしょう。自分の家を守るくらいのことはできますよ。女きょうだいは家に入れておけばいいし」

「絞首刑にされるかもしれないぞ。あるいは、また兵隊に取られるかもしれない。それも傷兵運搬車じゃなくて、歩兵隊に入れられるかもしれない」

「片っ端から全員、絞首刑にするなんて無理ですよ」

「他国の人間を兵士にするなんて、無理でしょう」マネーラがいった。「最初の戦闘で、全員逃げちゃいます」

「チェコの兵士がいい例です」

「どうやら、みんな征服されるのがどういうことなのかまったくわかってないらしいな。だから、平気でそんなことがいえるんだ」

「敗北がある」

「中尉《テネンテ》」パッシーニがいった。「中尉《テネンテ》は、われわれに好きなように話させてくれるから、まあ、きいてください。戦争ほどひどいものはないでしょう。それでもまだ、われわれ運搬車の任務についている者は本当にひどさはわかっていないのかもしれません。たぶん、それがわかってしまったら、戦争を止めることなんかできないんでしょう。戦争のひどさが実感できたときには、頭がおかしくなってますからね。もちろん、そういったことがわからない連中もいるし、将校がおそろしくてたまらない連中もいる。そういった連中が戦争をやってるんです」

「戦争がひどいってことはわかってるんだ。しかし、それを終わらせなくちゃいけない」

「戦争は終わりません。戦争に終わりはないんです」

「いや、ある」

パッシーニは首を振った。

「敵に勝ったところで、戦争には勝てません。われわれがサン・ガブリエーレ山を落としたら、どうなるんです？　カルソやモンファルコーネやトリエステを取ったら、どうなるっていうんです？　どうにもなりはしませんよ。今日、遠くの山脈を見ましたか？　あれらもすべて手に入れることができると思いますか？　オーストリアが戦闘をやめないかぎり、不可能です。どちらかがやめないとね。なぜ、われわれがやめないんです？　敵がイタリアに侵入してくるなら、くるがいい。そのうち疲れて、出ていきますよ。敵には敵の国があるんだから。それなのに、こうやって戦争が続いている」

「ずいぶん、演説がうまいな」

「われわれは考えるし、本も読みます。農民じゃありませんからね。われわれは整備兵なんです。だけど、農民にだって、戦争をありがたいと思っているようなばかはいません。みんな、戦争なんて、大嫌いなんです」

「国を支配している階級があって、その連中が愚かで、何もわかっていないし、何も理解できない。だから、この戦争が続いているんだ」

「その連中は、戦争で金をもうけている」

「それは一握りの連中だな」パッシーニがいった。「ほとんどの人間はばかだ。だから、金ももらわずに戦争をやってる。ばかばかしいったら、ないよ」

「そろそろやめよう」マネーラがいった。「中尉《テネンテ》もそろそろ、うんざりだろう」

「いや、中尉《テネンテ》は楽しんでるんじゃないか」パッシーニがいった。「みんなして、中尉《テネンテ》を改宗させよう」

「まあ、今日はこのへんでいいんじゃないか」マネーラがいった。

「食事はまだですか、中尉《テネンテ》？」ガヴッツィがきいた。

「ちょっと見てこよう」おれが答えると、ゴルディーニが立ち上がって、いっしょに外に出てきた。

「何か手伝いましょうか？　できることがあれば、なんでも」ゴルディーニは四人の運転手のなかで、いちばん口数が少ない。

「じゃ、いっしょにきてくれ」おれはいった。「手伝ってもらえるかもしれない」

外は暗く、長い棒のようなサーチライトの光が山の上を動いている。あのあたりの前線では大型のサーチライトが軍用トラックに乗せてあって、夜間、おれたちも車で走っていると、その前を通ることがある。前線のすぐ後ろのあたりだ。トラックは道路から少し離れたところにとまっている。将校がサーチライトの方向を指示すると、部下が恐る恐る方向を変える。おれたちは煉瓦工場を歩いて、応急治療所の前までいった。入口は葉のついた枝でおおって隠してある。暗闇のなか、夜風が、日光で干からびた葉をそよがせている。応急治療本部の中は電気がついていた。少佐が箱に腰かけて電話をしている。軍医のひとりが、攻撃は一時間延期になったと教えてくれた。そしてコニャックを一杯勧めてくれた。おれはいくつもの手術台代わりのテーブルに目をやった。手術用具が電灯の下で光っている。洗面器や栓をした薬壜もある。ゴルディーニはおれの後ろに立っている。少佐が電話を終えて立ち上がった。

「攻撃開始だ」少佐がいった。「延期が取り消された」

外を見ると、暗く、オーストリア軍のサーチライトが、イタリア軍の背後の山を照らして動いている。あたりがしんとした。次の瞬間、おれたちの後ろのほうから砲撃の音が響いた。

「よし《サヴォイア》」少佐がいった。

「少佐、スープは?」おれがたずねた。少佐はきいていない。おれはもう一度たずねた。

「まだきていない」

大型の砲弾が飛んできて、煉瓦工場の敷地で炸裂した。それからもう一発。その轟《ごう》音《おん》の中でも、煉瓦や土が雨のように降ってくる小さな音はきこえた。

「食べるものはありますか？」

「パスタが少しある」少佐がいった。

「では、それをいただけるぶんだけ」

少佐は当番兵に何かいいつけた。当番兵は奥の方に消えて、またもどってきた。ブリキの洗面器に冷めたパスタが入っていた。おれはそれをゴルディーニに渡した。

「チーズはありますか？」

少佐は面倒そうに当番兵にいいつけると、当番兵はまた奥の穴にもぐっていって、白いチーズを四分の一ほど持ってきてくれた。

「ありがとうございます」おれは礼をいった。

「まだ外に出ないほうがいい」

入口の脇に何かが置かれた。運んできたふたりのうちの片方がなかをのぞいた。

「運び入れろ」少佐がいった。「何をぐずぐずしている。おれたちに外に出て、負傷兵を運びこめとでもいうのか？」

担架を運んできたふたりの兵士が、負傷兵の脇の下と脚を抱えて中に入ってきた。

「上着を切っておいてくれ」少佐がいった。

少佐はガーゼを挟んだピンセットを持っている。軍医がふたり上着を脱いだ。「出ていってくれ」少佐が担架を運んできたふたりにいった。

「いこうか」おれはゴルディーニにいった。

「砲撃が一段落するまで待ったほうがいいぞ」少佐が肩越しにいった。

「部下が腹をすかしているもんですから」おれはいった。

「まあ、好きにするんだな」

外に出て、煉瓦工場の敷地を走った。堤防のすぐそばで砲弾が炸裂した。それからまた一発飛んできたが、いきなり落ちてくるまで、音はきこえなかった。おれたちが地面に伏せると同時に、閃光がほとばしり、爆発の衝撃が襲ってきて、硝煙のにおいが鼻をつき、砲弾の炸裂する音と煉瓦の崩れる音が耳を打った。ゴルディーニが立ち上がり、待避壕にむかって駆けだした。おれも後に続いた。手に持ったチーズのなめらかな表面を煉瓦の粉がおおっている。待避壕の中では、三人の運転手が壁にもたれてタバコを吸っていた。

「さ、食い物だ。愛国者諸君」おれはいった。

「車は無事ですか?」マネーラがきいた。

「だいじょうぶだ」

「ぞっとしたでしょう、中尉《テネンテ》？」

「ほんとにな」

ナイフを取り出すと、開いて、刃をぬぐい、チーズの表面の煉瓦の粉をそぎ取った。

ガヴッツィがパスタの入った洗面器を渡してくれた。

「先に食べてください、中尉《テネンテ》」

「いや、下に置いて、みんなで食べよう」

「フォークがありませんよ」

「かまうもんか」おれは英語でいった。

おれはチーズを切り分けて、パスタの上にのせた。

「さ、座って食べよう」おれがいうと、四人がまわりに集まってきた。手を出そうとしないので、指をつっこんでつまみ上げた。かたまっていたパスタがほぐれた。

「高く持ち上げるんです、中尉《テネンテ》」

手を思いきり高く上げると、長いパスタの端が皿からやっと離れたので、下の端からくわえて吸いこみ、最後をぱくっと口におさめた。かんではチーズをかじり、かんではワインを飲んだ。錆《さ》びた鉄の味がする。おれは水筒をパッシーニに返した。

「まずいですよね」パッシーニがいった。「ずいぶん前に水筒にいれて、ずっと車に乗せてたんです」

　四人とも、顔を洗面器の上まで持っていっては、パスタを持ちあげ、上を向いて吸いこんでいる。おれはもうひと口頰ばると、チーズをかじって、ワインで口をすすいだ。何かが外に落ちて、地面が揺れた。

「四百二十ミリ砲か、迫撃砲だ」ガヴッツィがいった。

「あの山に四百二十ミリはないぞ」おれがいった。

「連中は、でっかいシュコダ砲を持ってますよ。何度か穴を見たんでわかります」

「三百五十ミリじゃないか」

　おれたちは食べ続けた。咳こむような音がした。機関車が走り出したときのような音がして、爆音が響き、また地面が揺れた。

「この待避壕は浅いですね」パッシーニがいった。

「あれは大型の迫撃砲だったな」

「はい、中尉《テネンテ》」

おれはチーズの端をかじり、ワインをひと口飲んだ。騒音の中で、また咳こむような音がし、蒸気を噴き出すような音がして——閃光が走り、溶鉱炉の扉がいきなり開いたような感じがしたかと思うと、すさまじい音が白く、やがて赤く、風の中で響き続けた。息をしようとしたが、息ができない。自分の体が自分から飛び出して、何度も何度も何度も飛び出して、風に舞いあがった。自分が丸ごと飛び出し、死んだのがわかり、それは間違いだと気づいた。おれは宙に浮かび、上にはいかず、すっと自分のなかにもどっていった。息が吸えるようになり、われに返った。地面は裂け、目の前に、砕けた梁《はり》が転がっている。混乱した頭の中に泣き声が響いている。だれかが叫んでいるらしい。しかし動こうとしても動けない。機関銃やライフルの音が、対岸からも、川沿いからもきこえてくる。激しい水しぶきの音がして、照明弾が上がり、炸裂して、白い光が宙に浮かび、信号弾が上がり、砲弾が炸裂した。すべてが一瞬のことだった。すぐそばで声がする。「母さん《マンマ・ミーア》！　ああ、マンマ・ミーア！」おれは体をひねって、なんとか脚を引っぱり出すと、声のするほうを向いて、手をのばした。パッシーニだ。おれが触ると、パッシーニは悲鳴を上げた。パッシーニの脚がこちらを向いている。明滅する光の中で、二本とも膝の上のところがつぶれているのが見えた。片方は膝から下はなく、もう片方は腱とズボンの切れ端でなんとかつながっているようだが、切り株のようになった傷がひきつったり痙攣したりしていて、とてもそうは見えない。パッシーニは腕をかんでうめいている。「ああ、マンマ・ミーア、マンマ・ミーア」それからこういった。「神様がお助けくださいますよう《ディーオ・ティ・サルヴィ》、マリア《マリーア》様、ディーオ・ティ・サルヴィ、マリア《マリーア》様。イエス《ジェズ》様、わたしを撃ち殺してください。キリスト《クリスト》様、わたしを撃ち殺してください。マンマ・ミーア、マンマ・ミーア、ああ、やさしいマリア《マリーア》様、わたしを撃ち殺してください。もうやめて。やめてくれ。ああ、イエス《ジェズ》様、美しいマリア《マリーア》様、やめてください。ああ、ああ、ああ、ああ」喉がつまる音がきこえた。「ママ・マンマ・ミーア」そして声が消えた。パッシーニは腕をかんだまま、切り株のような脚の断面がひくひく動いている。

「けが人を運べ《ポルタフェリーティ》！」おれは両手をメガホンのように口にあてて叫んだ。「ポルタフェリーティ！」パッシーニに近づいて、止血してやりたいのに、動けない。もう一度やってみると、両脚が少し動いた。腕と肘をついて、体を後ろにずらした。パッシーニはもう、うめき声ひとつ上げない。おれはそばに座ると、上着を脱いで、自分のシャツの裾を裂こうとしたが、できなかったので、端をかみ切って裂こうと思った。

そのときパッシーニのゲートルが頭に浮かんだ。だが、パッシーニは片脚をなくしている。おれはウールの長靴下をはいているが、パッシーニは残った足にゲートルを巻いている。運転手はみんなゲートルを巻いているのだ。おれはゲートルをほどきながら、止血する必要がないのに気がついた。パッシーニはもう死んでいた。おれはそれを確かめた。ほかの三人はどこだ。おれは体を起こした。すると何かが頭のなかで動いたような気がした。人形の目玉についている錘《おもり》のようなものが、おれの眼球の後ろにぶつかったような感じだ。両足が生温かくぬれている。靴の中もぬれて、生温かい。おれもやられたらしい。前かがみになって、片手を膝に置いてみた。膝頭がない。手に何も触らない。膝頭は脛《すね》のほうにずり下がっていた。手をシャツでぬぐっていると、また照明弾の白い光がのんびり落ちてきた。脚をみて、ぎょっとした。おお、神様、おれはいった、どうかここから連れ出してください。しかし、ほかの三人がいる。運転手は四人だ。パッシーニは死んだ。三人残っている。そのとき、だれかがおれの脇の下に手を入れ、もうひとりがおれの脚を持ちあげた。

「あと三人いる」おれはいった。「ひとりは死んだ」

「マネーラですよ。担架を取りにいったんですが、なくて。だいじょうぶですか、中尉《テネンテ》?」

「ゴルディーニとガヴッツィはどこだ?」

「ゴルディーニは待機場所で包帯を巻いてもらってます。ガヴッツィは、そっちで脚を持ってますよ。首につかまってください、中尉《テネンテ》。傷はかなりですか?」

「脚をやられた。ゴルディーニは?」

「だいじょうぶです。大型の迫撃砲でした」

「パッシーニは死んだ」

「ええ」

砲弾が近くで炸裂して、ふたりは地面に伏せ、おれは地面に落ちた。「すいません、中尉《テネンテ》」マネーラがいった。「首につかまっていてください」

「落とすのは勘弁してくれ」

「すいません。つい、びっくりして」

「おまえたち、けがは?」

「ふたりとも、軽傷です」

「ゴルディーニは運転できそうか?」

「無理だと思います」

ふたりは、仮収容所に着くまでにもう一度、おれを落とした。

「ったく！」おれはうなった。

「すいません、中尉《テネンテ》」マネーラがいった。「もう絶対に落としませんから」

仮収容所の外では、暗い中におれみたいな兵士が地面に転がっていた。負傷兵が運びこまれたり、運び出されたりしている。そのたびに仮収容所のカーテンが開いて光がもれる。死者はわきに転がしてある。軍医はみな肩までシャツの袖をまくって、全身血まみれになっている。担架が足りないのがわかる。声をあげている負傷者もいるが、ほとんどは黙っている。風が、仮収容所のドアを覆った葉をゆらしている。あたりが次第に冷えてきた。係がひっきりなしに担架を運んできては、下に置き、負傷者をおろしてはまたもどっていく。マネーラがおれを待機場所まで運んでくるとすぐに、軍医を呼びにいき、軍医がおれの両脚に包帯を巻いてくれた。軍医がいうには、爆風で吹きつけられた土が血止めの代わりをしてくれたらしい。手があき次第、手当をしてくれるということだ。軍医はまた中にもどっていった。ゴルディーニは運転は無理ですとマネーラがいった。肩の骨が折れて、頭にもけがをしているらしい。気分はそう悪くないが、肩が動かないということだった。ゴルディーニは煉瓦塀にもたれて座っている。マネーラとガヴッツィはそれぞれ、負傷者を乗せた運搬車を運転していった。ふたりは運転ができるようだ。イギリス軍の運搬車が三台きていた。一台に二名の兵士が乗っている。そのうちのひとりがやってきた。連れてきてくれたのはゴルディーニだが、彼もまっ青で気分が悪そうだ。イギリス兵が体をかがめた。

「ひどい傷ですか？」イギリス兵がきいた。背が高く、銀縁の眼鏡をかけている。

「脚をやられた」

「そう重傷ではないと思いますよ。タバコはいかがですか？」

「ありがとう」

「そちらは運転手が二名、使えなくなったそうですね」

「ああ、ひとりは死んだ。もうひとりは、さっき、あんたを連れてきた男だ」

「ひどい目にあいましたね。そちらの二台、引き受けましょうか？」

「頼もうと思っていたんだ」

「ちゃんと預かって、村にもどします。宿舎は二〇六号でしたね？」

「ああ」

「いいところですよね。あなたを何度か見かけました。たしか、アメリカ人でしょう？」

「ああ」

「ぼくはイギリス人なんです」

「まさか！」

「そう、イギリス人です。イタリア人だと思いました？　われわれの部隊にはイタリア人が何人かいますからね」

「車を預かってもらえるとありがたい」

「しっかり預かります」イギリス兵は体を起こした。「この人に、あなたに会ってくれとせがまれましてね」イギリス兵はゴルディーニの肩を叩いた。ゴルディーニは痛そうにびくっとして、ほほえんだ。イギリス兵は流暢なイタリア語で話しだした。「あとはもうだいじょうぶだ。この中尉《テネンテ》にも会ったし。そちらの車を二台、引き受けることになった。もう心配はいらない」イギリス兵は言葉を切って、今度はおれにむかっていった。「あなたをここから運び出さないと。軍医に掛けあってみましょう。こちらの車に乗ってもらえばいいと思います」

イギリス兵は仮収容所にむかって、けが人をよけながら歩いていった。カーテン代わりの毛布が開いて、光がもれた。

「あの人になんとかしてもらえそうですね、中尉《テネンテ》」ゴルディーニがいった。

「おまえのほうはどうだ？」おれはゴルディーニにきいた。

「だいじょうぶです」ゴルディーニがそばに腰をおろした。すぐに、毛布が開いて、ふたりの兵士が担架をかついで出てくると、その後ろからあの背の高いイギリス兵がやってきて、ふたりをこちらに連れてきた。

「アメリカ人の中尉《テネンテ》だ」イギリス兵がイタリア語でいった。

「あとでいいよ」おれはいった。「もっと重傷の兵士がたくさんいるんだから。こちらはだいじょうぶだ」

「まあまあ、英雄気取りはやめましょう」イギリス兵はそういうと、またイタリア語でいった。「脚に気をつけて、運んでくれ。両脚がかなりやられている。この人は、ウィルソン大統領の息子さんなんだ」イタリア兵がおれを担架にのせて、仮収容所に運んでいった。なかでは、すべてのテーブルで手当が行われていた。小柄な少佐がむっとした顔でこちらをにらんだが、おれだとわかると、鉗子《かんし》を振った。

「どうした？《サ・ヴァ・ビアン》」少佐がフランス語できいてきた。

「まあまあです《サ・ヴァ》」

「お連れしました」背の高いイギリス兵がイタリア語でいった。「アメリカ大使のひとり息子らしいです。少佐の手があくまで、ここに置いておきます。手当が終わったら、一台目の運搬車で連れもどります」イギリス兵は体をかがめていった。「副官に会って、書類を用意してもらいます。そのほうが話が早い」イギリス兵はそういうと入口で少し身をかがめて出ていった。少佐は鉗子をはずしては洗面器に放りこんでいる。おれはその手を目で追っていた。少佐が患部に包帯を巻くと、兵士が負傷兵をテーブルから担架に移して運んでいった。

「アメリカ人中尉《テネンテ》の手当をしよう」軍医のひとりがいった。おれはテーブルに運ばれた。テーブルの上は固くてぬるぬるしていた。いくつもの強烈なにおいが鼻をついた。薬品や甘ったるい血のにおいだ。おれはズボンを脱がされた。軍医が助手に所見を書き取らせていく。「左右の大腿部、左右の膝、右足に外傷多数。右の膝と足に深い傷。頭部に裂傷、数箇所（軍医は探針《プローブ》で傷をつついた——痛いか？——うっ、痛いです！）、頭蓋骨骨折の可能性あり。軍務中に負傷。こう書いておけば、軍法会議で自傷罪に問われることはない」軍医がいった。「ブランデーでも飲むかね？　しかし、なんで、こんなことになったんだ？　何をしてた？　自殺でもしようとしていたのか？　破傷風の注射をして、両脚に＋印をつけておいてくれ。ありがとう。傷口を洗浄してきれいにしてから包帯を巻いておこう。血はきれいに止まっているな」

助手が書類から顔を上げた。「原因はなんと書きましょう？」

「何にやられた？」軍医がいった。

おれは目をきつく閉じた。「迫撃砲です」

軍医が傷口の処置をすると、鋭い痛みが走った。軍医は筋肉組織を切った。「本当に？」

おれはなるべく動かないようにしていたが、肉片が切り取られるたびに、胃がひきつった。「たぶん」

軍医は（おもしろいものを見つけたらしく）「敵の迫撃砲の砲弾の破片だ。ご希望とあれば、あといくつか拾いだしてもいいが、その必要はないかな。患部に消毒薬を塗っておこう――刺すような痛みが走るだろう？　よしよし、あとからくる痛みにくらべれば、なんてことない。本当の痛みはまだまだこれからだ。おい、ブランデーを一杯もってきてやってくれ。まだショックで神経が鈍っているんだ。しかしだいじょうぶ、心配することはない。感染症でも併発すれば別だが、そんなことはめったにない。頭はどうだ？」

「めちゃくちゃです」

「じゃ、飲み過ぎないように。骨折していると、炎症を防ぐ必要がある。どんな感じだ？」

全身、脂汗にまみれている。

「めちゃくちゃです」

「骨折だな。固定しておくから、なるべく頭を動かさないように」軍医は包帯を手早く、しっかりきつく巻いてくれた。「よし、あとは祈るだけだな。フランス万歳《ヴィヴ・ラ・フランス》」

「おい、その中尉《テネンテ》はアメリカ人だぞ」ほかの軍医がいった。

「え、フランス人だっていわなかったか？　フランス語をしゃべっていたし」軍医がいった。「前から見知っているんだが、ずっとフランス人だとばかり思っていた」軍医はブランデーをタンブラーに半分くらい飲んだ。「重傷の負傷者を連れてきてくれ。それから、破傷風止めの注射をもっと頼む」軍医はおれに手を振った。おれは運ばれ、出るときに毛布が顔をこすった。外に出て下に置かれると、軍医の助手が膝をついて質問を始めた。「お名前は？」ていねいな口調だ。「ミドルネームは？　ファーストネームは？　階級は？　出身地は？　兵種は？　部隊は？」などなど。「頭の傷はたいへんですね、中尉《テネンテ》。少しは楽になりましたか？　これから、イギリス軍の運搬車でお運びします」

「だいじょうぶだよ」おれはいった。「いろいろありがとう」軍医のいっていた痛みが始まって、まわりのことはもうどうでもよくなっていた。そのうちイギリス軍の運搬車がきて、担架にのせられ、持ちあげられ、なかに突っこまれた。横にも担架があって、男が寝ている。包帯の間から蠟《ろう》のような白い鼻がのぞいている。苦しそうな息をしている。上には吊り輪に固定されている担架が見える。背の高い運転手がやってきて、中をのぞきこんだ。「ゆっくり走りますから、楽にしていてください」振動が伝わってきて、彼が運転席に座り、エンジンがかかり、ブレーキが解除され、クラッチがつながって、動きだした。おれはじっとしていた。全身に痛みが走っている。

　坂道が始まると、車は速度を落とし、ときどきとまったり、いったんバックしてからカーブを曲がったりしたが、そのうち速度を上げていった。何かが上からたれている。最初はゆっくりだったが、それが規則的になって、やがてひっきりなしに落ちてきた。大声で運転手に呼びかけた。運転手は車をとめて、座席の後ろの穴からこちらをのぞいた。

「どうしました？」

「上の担架の負傷者が出血している」

「山の上までもうすぐです。ひとりでは、担架は出せないんです」運転手は車を出した。血はいつまでも止まらなかった。暗いので、キャンバス地のどこから流れ落ちてくるのかはわからない。おれは血を避けようと横むきになった。シャツの下まで血がしみこんだところは生温かくべとべとしている。寒くなってきた。脚の痛みがはげしくなり、吐き気がしてきた。そのうちようやく落ちてくる血の勢いが弱まり、また一滴ずつ落ちてくるようになり、上のキャンバスが動いて、負傷者は楽な姿勢をとったようだ。

「上の人はどんな感じです？」イギリス兵が声をかけてきた。「もうすぐですよ」

「死んだと思う」

血のしたたる間隔が長くなった。まるで日没後の氷柱《つらら》のしずくのようだ。夜の車のなかは寒い。車はまだ道路を上り続けている。頂上の待機場所に到着すると、上の担架が運び出され、ほかの担架が突っこまれて、また出発した。

第10章

野戦病院で、午後、面会人がくると知らされた。その日は暑く、病室では蠅が飛びかっていた。当番兵が紙を細長く切って棒にくくりつけて、それで蠅を追い払ってくれた。おれは蠅が天井にとまるのをながめていた。当番兵が手を止めて居眠りを始めると、蠅は天井から下りてくるので、おれは息を吹きかけて払っていたが、そのうち両手で顔をおおって、自分も寝ることにした。病室はとても暑く、目が覚めると、脚がかゆかった。当番兵を起こして、包帯の上からミネラル・ウォーターをかけてもらった。ベッドもぬれて、ひんやりしてきた。病室では起きている者同士が話をしている。午後はのんびりしている。午前中は各自ベッドから出たり入ったりで忙しい。三人の看護兵と軍医ひとりがひと組でやってきては負傷兵をベッドから治療室に連れていき、そのあいだにベッドを整える。治療室までいくのはけっこう大変だったが、患者を寝かせたままでもベッドを整えられることを知ったのはあとのことだった。水をかけてもらって、ベッドがひんやり心地よくなると、足の裏のかゆいところをかいてもらった。そのとき軍医がリナルディを連れてやってきた。リナルディは駆けこんでくると、ベッドの上に身をかがめて、おれにキスした。手袋をしている。

「具合は？　元気か？　これと――」コニャックの壜だ。当番兵が椅子を持ってきて、リナルディは腰かけた。「いい知らせがある。勲章をもらえるらしい。銀の勲章がもらえればいいんだが、銅どまりかもな」

「また、なんで？」

「重傷を負ったからさ。これで、軍功をあげたことが証明できれば、銀がもらえる。でないと、銅どまりなんだ。正確に教えてくれ。何か、軍功らしいものは？」

「全然。チーズを食ってたら、吹き飛ばされたんだ」

「まじめに答えろよ。その前か後に、何かしただろう。よく思い出せよ」

「してないなあ」

「負傷兵を背負って運んだとか？　ゴルディーニが、中尉は何人か背負って運びましたっていってたけど、第一待機場所の軍医少佐が、そんなことができたはずはないといってた。勲章の申請書には少佐の署名がいるんだ」

「だれも運んだりしてないって。動けなかったんだから」

「そんなことはどうでもいい」

リナルディは手袋をはずした。

「銀をもらってやれると思うんだ。ほかの傷兵をさきに手当してくれといわなかったか？」

「そう、はっきりとはいわなかった」

「そんなことはどうでもいい。ほら、ひどい傷じゃないか。いつも率先して最前線に出向くなんて、それこそ軍功物だ。それに、作戦は成功したんだし」

「あの川を渡りきったのか？」

「大成功だ。捕虜は千人くらい。公報に載ってるぞ。見てないのか？」

「ああ」

「持ってきてやるよ。奇襲作戦は見事に成功した」

「ほかは？」

「上々さ。いうことなしだ。だれもがおまえのことを誇りに思っている。だから、正確に教えてくれ。絶対に銀をもらうべきなんだ。さあ、話せ。すべて話せ」リナルディは言葉を切って考えた。「イギリス軍からももらえるかもな。イギリス兵もひとりいたんだろう？　そいつに会って、推薦してくれないかきいてくる。きっと何かしてくれるはずだ。傷は痛むか？　飲めよ。おい、当番兵、栓抜きを持ってきてくれ。そうそう、見せたかったぞ。小腸を三メートル切り取ったんだ。いままでで最高の出来だった。医学雑誌むけのネタだろ？　英語に翻訳してくれれば、イギリスの雑誌に送るんだけどな。しかしまあ、かわいそうに、気分はどうだ？　それにしても、栓抜きはどうした？　おまえは勇敢で愚痴もこぼさないから、ついけがをしてるってことを忘れてしまう」リナルディは手袋でベッドの端をたたいた。

「栓抜きです、中尉《テネンテ》」当番兵がいった。

「栓を抜いて、コップを持ってきてくれ。さ、飲めよ。そのひどい頭はどうだ？　カルテを見たんだが、頭蓋骨に骨折はないらしい。第一待機場所の少佐は腕が悪くて。おれだったら、おまえに痛い思いをさせずにすんだんだ。だれにだって、痛い思いなんかさせるもんか。やり方を覚えたんだ。一日一日、手際も手さばきも、よくなる一方さ。すまん、しゃべりすぎだな。動揺しているんだ。おまえがこんなひどい傷を負ったのを見てさ。さ、飲めったら。高級品だ。十五リラしたんだぞ。まずいはずがない。五つ星だし。ここを出たら、あのイギリス兵に会いにいって、イギリス軍の勲章をもらってやる」

「そんなに簡単にくれやしないって」

「謙虚なやつだな。連絡将校に頼んでいってもらうか。英語が得意だからな」

「ミス・バークリには会ったか?」

「連れてきてやるよ。これから会いにいって、連れてくる」

「いや、いい。ゴリツィアの様子を教えてくれ。女の子たちはどうだ?」

「女の子? だめだめ。この二週間ほど、まるっきり同じ顔ばかりだ。もういかないよ。冗談じゃない。あれはもう、女の子なんて代物じゃないぜ。昔なじみの戦友みたいなもんさ」

「最近はまったくいかないのか?」

「たまに、新顔がいないか見にいくだけだな。で、立ち寄ると、だれもかれも、おまえのことをきいてくる。まったく、冗談じゃない。女だって、あんまり長くいると、仲間同然になっちまう」

「女の子はもう、前線にはきたがらないだろう」

「いやいや、きたがる子はたっぷりいるんだ。ただ、方針が間違っていて、女の子は後方の待避壕に隠れている兵隊を喜ばせるのに回されるんだ」

「リナルディ、おまえも、かわいそうにな。古顔の女ばかりに囲まれてるんだ」

リナルディは自分のコップに二杯目をついだ。

「傷にさわることはないから、飲めよ」

コニャックを飲むと、温かさが全身に広がっていった。リナルディはもう一杯ついでくれた。少し口数が少なくなってきて、コップを上げた。「その軍功物の傷に乾杯。銀の勲章に乾杯。ところで、こんなに暑いなかずっとこんなところで寝ていると、こう、むらむらしてこないか？」

「ときどき」

「そんなふうに寝てるなんて、おれには考えられない。頭がおかしくなってしまいそうだ」

「もう、おかしいくせに」

「早くもどってこいよ。夜の冒険からもどってくるやつがいないから、からかう相手がなくて困ってるんだ。金を貸してくれるやつもいないし、親友もルームメートもいない。なんで、けがなんかしたんだ？」

「神父をからかっていればいいだろう」

「あの神父か？　あれをからかうのはおれの役目じゃないんだ。大尉のお楽しみを奪っちゃ悪いだろ？　それに、おれはあの神父が好きだしな。万が一、神父が必要なときになったら、あの神父にしろよな。そういえば、会いにくるっていってたな。いま、準備で大忙しなんだろう」

「おれも、あの神父は好きだな」

「だろうな。ときどき、おまえたちはあやしいと思うことがあったんだ。だろ？」

「まさか」

「おれは、ときどき、そんな感じを受けるんだな。たしか、アンコーナ旅団の第一連隊の連中がそうだったんだって？」

「ばかばかしい」

リナルディは立ち上がって、手袋をはめた。

「おまえをからかってると楽しいよ。あの神父やあのイギリス女のことでさ。おまえ、おれとはまったく違うように見えるが、根はいっしょかもな」

「根もちがうって」

「ちがわないね。おまえ、本当はイタリア人なんだろう。火と煙ばかりで、中はからっぽ。ただアメリカ人のふりをしているだけなんだ。おれたちは兄弟で、相思相愛の仲さ」

「おれがいないあいだ、いい子でいろよ」

「ミス・バークリにくるようにいっておくよ。おれ抜きのほうがいいだろ？　そのほうが純真でやさしくいられるからな」

「もう、勘弁してくれよ」

「彼女にくるようにいっておくって。あの愛しい、冷ややかな女神にさ。イギリスの女神様にさ。あんな女を相手に、男ができることといったら、崇拝くらいだろ？　イギリス女なんて、崇拝する以外、どうすりゃいいんだ？」

「厚顔無恥で口の悪いイタリア野郎」

「なんだって？」

「厚顔無恥なイタ公っていったんだ」

「イタ公か。なら、おまえは、すまし屋の……イタ公だ」

「無知無能」この言葉にリナルディがかっとなったのを見て、おれは続けた。「物知らず。未熟者、世間知らずの青二才」

「そうかそうか、じゃあ、おまえのいう心正しい女たちについて、ひとつ教えてやろう。おまえの女神たちのことだ。清純な娘と大人の女の違いはひとつだけだ。娘相手のときは、痛い目を見る。覚えておけ」リナルディは手袋でベッドをはたいた。「それに、娘がそれを好きになるかどうかもわからないんだぞ」

「怒るなよ」

「怒っちゃいない。おまえのためを思って、いってるだけだ。面倒なことにならないようにな」

「ちがいは、それだけか?」

「そうだ。だが、何百万ものおまえみたいな男はそれを知らない」

「ご親切に、ありがとう」

「おたがい、けんかはやめよう。おれはおまえが本当に好きなんだ。だが、ばかなことをするなよ」

「しないさ。おまえみたいに賢くなるさ」

「おまえこそ、怒るなよ。さ、笑え。一杯、飲め。さ、もういかなくちゃ」

「おまえは、いいやつだよ」

「やっとわかったか？　根は同じなんだって。おれたちは戦友なんだからな。さ、キスしてくれよ」

「女みたいなやつだな」

「いや、おまえより心が温かいんだよ」

リナルディの息が近づいてきた。「じゃあな、すぐにまた会いにくる」息が遠ざかっていった。「もしいやなら、キスはやめる。あのイギリス女にくるようにいっておくよ。じゃあな。コニャックはベッドの下に置いておく。早くよくなれよ」

リナルディは出ていった。

第11章

夕方、神父がきてくれた。夕食に出たスープのボウルが片づけられたところで、おれは横になって、何列も並んでいるベッドをながめたり、窓から夕風になびく木の梢をながめたりしていた。窓から風が吹きこんで、日が落ちてから涼しくなってきた。蠅は天井や、ぶらさがっている裸電球にとまるようになった。電球がつくのは、夜間、患者が運びこまれたり、何か用事のあるときだけだ。おれは子ども時代にもどったような気がした。なにしろ、日が暮れて暗くなると、そのままずっと暗いのだ。まるで早めの夕食のあと、ベッドに入れられたような感じだ。当番兵がベッドの間をやってきて、立ち止まった。だれかといっしょだ。神父だった。小柄な神父が、日に焼けた顔で、もじもじしている。

「おかげんは、いかがですか?」神父はそういうと、荷物をいくつかベッドのそばの床の上に置いた。

「だいじょうぶです」

神父は、リナルディが座った椅子に座って、きまり悪そうに窓の外に目をやった。疲れたような顔をしている。

「すぐにいかなくてはならないようです。もう遅いので」

「まだだいじょうぶですよ。食堂はどんな感じですか?」

神父はにっこりした。「相変わらず、しっかりからかわれていますよ」声も疲れている。「ありがたいことに、みなさん、お元気です」

「あなたもお元気なようで、ほっとしました」神父が続けた。「痛くはないのですか？」神父は本当に疲れているようだ。こんなことは珍しい。

「もう、痛みません」

「食堂で会えないのが残念です」

「ええ、ぼくもです。仲間と話すのはいつも楽しかった」

「ちょっとお見舞いをもってきました」神父はさっきの荷物を取りあげた。「これは蚊帳《かや》です。それからヴェルモットの壜。ヴェルモットはお好きでしたか？　それからイギリスの新聞です」

「全部、出してください」

神父は喜んで中身を出してくれた。おれは両手で蚊帳を持ってみた。神父はヴェルモットの壜を見せてから、ベッドのわきに置いた。おれはイギリスの新聞を一部取りあげた。新聞紙を傾けて、窓から射しこむ薄明かりがあたるようにすると、見出しが読める。〈ニューズ・オヴ・ザ・ワールド〉というイギリスの日曜新聞だ。

「ほかのはイラストが多い新聞です」

「こんなのが読めるなんて、とてもうれしいです。どこで手に入れたんですか?」

「メストレから取り寄せました。また持ってきましょう」

「きてくださって、本当にありがとうございます。ヴェルモットを一杯、いかがです?」

「ありがとうございます。しかし、とっておいてください。お見舞いに持ってきたのですから」

「いえいえ、どうぞ、一杯」

「はい、では、次回、もう一本持ってきましょう」

当番兵がコップをふたつ持ってきて、ヴェルモットの栓を抜いてくれた。ところが、栓の先が残ってしまって、中に押しこむことになった。神父ががっかりするのがわかった。しかし神父はこういった。「いえいえ、かまいません」

「あなたの健康に乾杯」おれはいった。

「あなたの健康が回復しますように」

そのあとも神父はコップを手に持ったままだった。おれたちはお互いを見つめていた。神父とはたまに話をすることもあったし、仲も良かった。ところが、今夜は、どうも事情がちがう。

「いったい、どうしたんです？ ずいぶん、お疲れのようですが」

「たしかに疲れてはいますが、そんなことはいってられません」

「暑いですからね」

「いえ、まだ春です。ただ気分が落ちこんで」

「戦争にうんざりしているんでしょう」

「ええ。もちろん、戦争は大嫌いです」

「ぼくだって、好きじゃありません」おれがいうと、神父は首を振って、窓の外に目をやった。

「しかし、それほど嫌でもないのでしょう。あなたには、この戦争がよく見えていない。ああ、すいません。けが人にこんなことをいってしまって」

「これは偶然です」

「傷を負ったというのに、それでもこの戦争が見えていない。わたしだって見えてはいないのですが、なんとなく感じてはいるのです」

「砲弾にやられたとき、じつはそのことを話していました。パッシーニがしゃべっていたんです」

神父はコップを置いた。何かほかのことを考えているようだった。

「あの運転手たちのことは知っています。わたしと同じですから」

「あなたは違いますよ」

「いえ、本質的には変わりありません」

「将校連中は何も見えていませんよね」

「いえ、見えている将校もいます。細かいところまで気づいていて、われわれ以上に心を痛めています」

「将校というのは、ほとんどがわれわれとはちがう人間でしょう?」

「教育やお金の問題ではないと思います。ほかの何かなのでしょう。もし教育やお金があったとしても、パッシーニのような男は将校になどなりたがらないでしょう。わたしもなりたくありません」

「神父さんは、階級としては将校ですよね。ぼくもそうですけど」

「実際は違います。それにあなたはイタリア人でさえない。外国人です。それなのに、一般の兵士ではなく、将校に近い」

「どこが違うんでしょう？」

「簡単には説明できません。この世界には戦争をしたがる人間がいます。そしてこの国には、そういう人間がたくさんいるのです。戦争をしたがらない人間もいます」

「しかし、したがる人間が、したがらない人間に戦争をさせる」

「その通りです」

「そして、ぼくはそういった連中の手助けをしている」

「あなたは外国人で、愛国者です」

「しかし、戦争をしたがらない人間はどうなんですか？　彼らに戦争をとめることができるのですか？」

「わかりません」

　神父はまた窓の外を見た。おれは神父の顔をじっと見た。

「一度でも、とめられた例《ためし》がありましたか？」

「一致団結するすべを知りませんから、不可能でしょう。そして一致団結したら、そのまま指導者たちによって、売り渡されてしまいます」

「絶望的ですね」

「そのようなことは決してありません。が、ときどき、わたしは希望をなくすことがあります。常に希望を抱いていようと思うのですが、ときどき、なくしてしまうのです」

「そのうち、この戦争も終わりますよ」

「ならいいのですが」

「終わったら、どうなさいます?」

「できれば、アブルッツィにもどりたいですね」

日焼けした顔が、とてもうれしそうに輝いた。

「アブルッツィが本当にお好きなんですね」

「ええ、大好きです」

「じゃあ、ぜひもどらなくては」

「もどれれば、それ以上の喜びはありません。あそこで暮らして、心から神を愛し、神につかえたいと思います」

「そしてみんなから尊敬されて」

「はい、尊敬されます。尊敬されないはずがありません」

「その通りです。きっと尊敬されます」

「まあ、それはどうでもよいのですが。しかしわたしの故郷では、人は神を愛するものだと思っているのです。冗談でもなんでもありません」

「わかります」

神父はこちらを見て、ほほえんだ。

「わかっているけれど、神を愛してはいない、でしょう？」

「はい」

「まったく愛していないのですか？」

「夜、ときどき、神が怖くなることはあります」

「神を愛すべきです」

「ぼくは、何かを、だれかを心から愛することがないのです」

「いえ、そんなことはありません。あなたがよく話す夜の遊びは愛ではありません。あれは情欲、肉欲です。だれかを心から好きになるとき、人は相手のために何かをしてあげたくなるものです。自ら犠牲になりたいと思うものです。つかえたいと思うものです」

「心から好きになることなんて、ありませんよ」

「これからあるかもしれない。あるに決まっています。そしてあなたは幸せになる」

「いまでも幸せです。いままでずっと幸せでした」

「それは違います。そのときにならないと、わからないものです」

「わかりました。もしそんな経験をしたら、報告しましょう」

「長いこと申し訳ありませんでした。しゃべりすぎたようです」神父は本当に申し訳なさそうな顔をした。

「いいえ、もっといてください。相手が女の場合はどうですか？　ある女性を心から愛してしまったら、そんな感じになりますか？」

「さあ、どうでしょうね。わたしは女性を愛したことがないので、なんともいえません」

「お母さんはどうです？」

「ええ、もちろん、心から愛していました」

「ずっと神を愛していたのですか？」

「ええ、幼い子どもの頃からね」

「そうですか」いったいどういっていいかわからなかった。「いい子なんですね」

「ええ、子どもなんでしょう。それなのに、だれからも神父《ファーザー》と呼ばれます」

「それは礼儀上ですよ」

神父はほほえんだ。

「本当に、もういかないと。何か、わたしにできることはありませんか?」神父は、期待をこめていった。

「いいえ。そのかわり、話し相手になってください」

「食堂のお仲間に、あなたからよろしくと伝えておきます」

「すてきなお土産をたくさん、ありがとうございます」

「どういたしまして」

「また、会いに来てください」

「わかりました。では」神父はおれの手を軽く叩いた。

「さようなら」おれはイタリア語でいった。

「チャオ」神父もそれに応えてくれた。

部屋の中は暗く、ベッドのむこうのほうに座っていた当番兵が立ち上がって、神父を案内していった。おれは神父が大好きだったし、そのうちぜひアブルッツィにもどってほしいと思っていた。兵舎の食堂ではとことんからかわれているのに、気にもしないけれど、故郷での彼はどんな感じなのだろう。カプラコッタでは、と神父は教えてくれた、町のすぐ南を流れる小川にマスがいる。そして夜、フルートを吹くのは禁じられているそうだ。若い男が恋人に愛の曲《セレナーデ》をきかせるときでも、フルートだけは使えない。どうしてですかとたずねたら、神父は、娘たちは夜フルートをきくとよくないからですよと答えた。そして農民たちはみんな「ドン」と呼びかけ、だれかに会うと帽子を取る。神父の父親は毎日狩りをして、農民の家に寄って食事をする。みんな喜んでくれるらしい。外国人が狩りをするには、一度も逮捕されたことがないという証明書を出さなくてはならない。グラン・サッソの山にはクマがいるが、行くにはちょっと遠い。アクイラは素晴らしい町で、夏でも夜になると涼しいし、アブルッツィの春はイタリアで最も美しい。しかしなにより素晴らしいのは、秋、クリ林で狩りをすることだ。この季節の野鳥はうまい。ブドウをたらふく食べているからだ。そして弁当を持っていく必要はない。農家を訪ねれば、かならずみんな喜んで昼食をごちそうしてくれるからだ。あれこれ思い出しているうちに、眠りこんでしまった。

第12章

病室は細長く、右側に窓がいくつかついていて、奥のほうにあるドアのむこうは治療室になっている。自分が寝ているベッドの列からは窓が見え、窓の下に並ぶ列のほうからは壁が見える。だから左を下に寝ていると治療室のドアが見える。奥のほうにはもうひとつドアがあって、ときどき人が出入りする。患者が死にかけると、そのベッドを仕切りで囲って、息を引き取るところが見えないようにする。しかし軍医や衛生兵の靴やゲートルが仕切りの下から見えるし、臨終間際に軍医たちが小声でしゃべる言葉もきこえてくる。そして仕切りから神父が現れ、看護兵がまた仕切りの中にもどり、毛布をかけた死者を運び出すためベッドとベッドの間の通路を歩いていき、だれかが仕切りをたたんで持っていく。

その日の朝、病室を担当している少佐が、明日移動してもだいじょうぶそうかとたずねてきた。おれが、だいじょうぶですと答えると、じゃあ、朝早く出発してもらうことにしよう、暑くならないうちに移動するほうが楽だからなといわれた。

ベッドから治療室に運ばれる途中で、窓の外をのぞくと、庭にできた新しい墓が見える。庭に出るドアの外に兵士がひとりいて、十字架を作って、庭に埋葬された死者の名前や階級や部隊名をそれに書きこんだりしている。その兵士は病室で用事をすることもあり、ひまなときには、オーストリアのライフルの薬莢《やっきょう》でタバコのライターを作ってくれた。ここの軍医はみんな人が好《よ》く、腕もいいらしい。彼らがおれをミラノに送ろうと思ったのは、そこにいけば、性能のいいレントゲンの装置もあるし、手術後に機械治療を受けることもできるからだ。おれもミラノにいきたかった。それに、患者をできるだけ後方に送ってベッドを空けておきたいということもあった。そのうち攻撃が開始されれば、ベッドが足りなくなるのは目に見えている。

野戦病院を出る前の晩、リナルディが、食堂仲間の少佐といっしょにやってきた。ふたりがいうには、ミラノにできたばかりのアメリカ軍病院にいくことになるらしい。どうやらアメリカ軍の傷兵運搬部隊が送りこまれるそうで、その部隊やイタリアで戦っているアメリカ人をミラノのアメリカ軍病院が担当するとのことだ。かなりの数のアメリカ人が赤十字で働いている。アメリカはドイツには宣戦布告をしたが、オーストリアに対してはしていない。

リナルディと少佐は、アメリカがオーストリアにも宣戦布告するものと決めてかかっているし、赤十字であれ、アメリカが協力しにやってくるのを大歓迎している。おれも、ウィルソン大統領はオーストリアに宣戦布告をするだろうかとたずねられたとき、時間の問題だろうと答えておいた。アメリカがオーストリアになんのうらみがあるのかはわからなかったが、ドイツに布告した以上は、オーストリアにもするのが当然と思っていた。トルコ《ターキー》にも布告するだろうかとたずねられたときは、どうかなと答えた。そして七面鳥《ターキー》はアメリカの国鳥だからと付け加えたところ、イタリア語ではうまく伝わらなかったらしく、ふたりが首をかしげてけげんな顔をしたので、おれは、布告する、アメリカはトルコに宣戦布告するといっておいた。ブルガリアには？　おれたちはブランデーを何杯も飲んで酔っぱらっていて、おれは、神にかけて、宣戦布告すると答え、日本にも布告するといった。すると、ふたりは、日本はイギリスの同盟国だといった。イギリスなんか信用するな、日本はハワイをほしがっているんだと、おれはいった。ハワイはどこにあるんだ？　太平洋だ。日本はなんでそんなところをほしがるんだ？　実際にはほしがってないんだと、おれはいった。根も葉もない噂だ。

日本人というのは、小柄で感じのいい民族で、踊りと軽いワインが好きなんだ。フランス人みたいだなと、少佐がいった。おれたちはフランスからニースとサヴォイアをもらうぞ。コルシカ島と、アドリア海沿岸もすべてもらうと、リナルディが口をはさんだ。イタリアはローマの栄光をとりもどすんだ、と少佐がいった。ローマは好きじゃないなと、おれがいった。暑いし、ノミだらけだ。ローマが好きじゃないって？ いや、ローマは大好きだ。ローマは西洋の母だ。ロムルスがテヴェレ川を育てたの[4]は忘れやしない。え、なんだって？ なんでもない。こぞって、ローマへ。今晩、ローマにいって、ずっといよう。ローマは美しい町だと、少佐がいった。西洋の母であり、父であると、おれがいった。ローマは女性名詞だ、とリナルディがいった。父親のはずがない。じゃあ、父親はだれだよ、聖霊か？ 罰当たりなことをいうな。罰当たりなことなんか、いってない、おれは答えをきいただけだ。酔っぱらったな？ おれを酔っぱらわせたのはだれだ？ おれさ、と少佐がいった。だって、おれはお前が大好きだし、アメリカが参戦してくれた。首までどっぷりさ。おれはいった。朝にはいっちまうんだな、リナルディがいった。ローマへ。おれはいった。いや、ミラノだ。ミラノだ、と少佐がいった。〈水晶宮〉へ、〈コーヴァ〉へ、〈カンパーリ〉へ、〈ビッフィ〉へ、ガレリア[5]へ。運のいいやつだ。〈グラン・イタリア〉へ、とおれはいった、そこへいけば、ジョージから金を借りられる。スカラ座へ、とリナルディがいった。スカラ座へいけ。毎晩いくよ、とおれはいった。金がもたんぞ、と少佐がいった。チケットが高いからな。一覧払い為替手形[6]で祖父《じい》さんに払ってもらうよ、おれがいった。なんだって？　一覧払い為替手形。もし祖父さんが払ってくれなかったら、おれが刑務所にいくってやつ。銀行のカニンガムさんが手続きをしてくれる。おれは一覧払い為替手形で生活してるんだ。イタリアを救おうとして死にかけた、愛国心あふれる孫息子を刑務所に放りこむ祖父さんなんて、まずいないだろう。アメリカのガリバルディ将軍、[7]万歳、とリナルディがいった。一覧払い為替手形、万歳、おれがいった。おい、少し静かにしないか、と少佐がいった。もうなんども注意されているんだから。フェデリコ、本当に明日、出ていくのか？　アメリカ軍の病院にいくんだから。

4　正確には、ロムルスはテヴェレ川に捨てられ、雌オオカミに育てられた。
5　一八六七年にイタリア統一記念に造られた、ガラスのアーケードでおおわれた商業地区。
6　提示すればすぐに支払いをうけることができる手形。
7　イタリア統一の父。

だってさ、リナルディがいった。美しい看護婦たちのもとへ。野戦病院のひげの生えた看護夫とおさらばして。そうそう、そうだった、と少佐がいった、こいつはアメリカ軍の病院にいくんだったな。ひげなんか気にしないぜ、おれがいった。ひげを生やしたいなら、生やせばいい。少佐はなぜ、ひげをのばさないんです？　ガスマスクをつけるときじゃまになるからな。いや、だいじょうぶですよ。ひげだって、なんだって、入ります。一度、ガスマスクのなかに吐いたこともあります。おいおい、声が大きいって、リナルディがいった。おれたちはみんな、おまえが前線にいたことを知っている。ああ、おまえがいないあいだ、何をしていればいいんだ？　さ、そろそろいかないと、と少佐がいった。しんみりしてきたな。そうだ、ビッグニュースがある。おまえのイギリス女。ほら、あれだ。あそこの病院に毎晩会いにいってた相手。あの子もミラノにいくらしいぞ。もうひとりの女といっしょにアメリカ軍病院にいくって話だ。あそこにはまだ看護婦がきてないらしい。今朝、医局の主任からきいた。前線に看護婦が多すぎるから、少し後方に送るそうだ。どうだ？　いいじゃないか。いいって？　大都市にいって、あのイギリス女にかわいがってもらえるんだぞ。おれも負傷すればよかった。負傷するかもな、おれはいった。そろそろいくぞ、と少佐がいった。まったく、ここに来て、飲んで、騒いで、フェデリコの邪魔をしてしまった。まだ、いかないでくださいよ。いや、いく。じゃあ、また。幸運を祈る。あれこれ、ありがとうございます。チャオ。チャオ。チャオ。早くもどってこいよ。リナルディはおれにキスした。消毒薬のにおいがするぞ。じゃあな、また。あれこれ、ありがとう。少佐がおれの肩をたたいた。それからリナルディと足音を立てないように出ていった。おれは酔っぱらって、寝てしまった。

次の日、おれたちはミラノにむけて出発し、四十八時間後に到着した。途中はひどかった。メストレ近くで長いこと待避線に入れられてしまい、子どもがやってきては、のぞきこんだ。おれは小さい男の子にコニャックをひと壜買ってきてくれと頼んだが、その子はもどってきて、グラッパしかないといった。おれは、グラッパでいいといって、買ってきてもらい、釣り銭はそのままやって、隣の男とふたりで飲んで寝て、ヴィチェンツァを過ぎたところで目が覚めたが、猛烈に胸が悪くなって、床に吐いた。しかしたいしたことではなかった。というのも、隣の男も猛烈な吐き気に悩まされて、もう何度も吐いていたからだ。そのあとで喉が渇いてたまらなくなり、ヴェローナの郊外の駅で、車両の横を行き来していた兵士に声をかけて、水を持ってきてもらった。おれはジョルジョを起こした。いっしょに酔っぱらった男だ。そして水を差しだした。ジョルジェッティは、肩にかけてくれといってまた寝てしまった。水を持ってきてくれた兵士は金を受けとろうとしないばかりか、みずみずしいオレンジまで持ってきてくれた。おれはオレンジにかぶりついて、筋を吐き出しながら、兵士がホームのむこうがわの貨物列車の横を行ったり来たりするのをながめていた。やがて、汽車はがったんと揺れて、出発した。

第二部

第13章

朝早く、ミラノに着くと、おれたちは貨物置き場に降ろされた。おれは運搬車でアメリカ軍病院へ。担架ごと車に乗せられているので、街のどのあたりを走っているかはわからなかったが、担架で降ろされたとき、市場が見えた。ワインショップが一軒開いていて、女の子がごみを外に掃き出している。通りには水がまかれて、早朝らしいにおいがたちこめている。おれを運んできた男たちが担架を置いて、建物の中に入っていくと、用務員を連れてもどってきた。白い口ひげの用務員はドアマンの帽子をかぶり、ワイシャツ姿で上着は着ていない。担架がエレベータに入らないので、おれを降ろしてエレベータに乗せるか、階段で担架ごと運ぶかで議論になった。耳を傾けていると、エレベータを使うことになり、担架から降ろされた。「ゆっくり、そっとやってくれよ」おれはいった。

エレベータのなかは窮屈で、脚を曲げると、激痛が走った。「脚をのばしてくれ」「無理ですよ、中尉殿《シニョール・テネンテ》。そんな余裕はありません」そう答えた男は、腕をおれに回していて、おれは腕をその男の首に回していた。男の息が顔にかかる。鉄っぽい、ニンニクとワインのにおいがする。

「そっとやれよ」もうひとりの男がいった。

「だれが、乱暴にしてるっていうんだ！」

「いいから、そっとやれって」おれの足を持っている男がいった。

エレベータのドアが閉まり、外側の格子扉が閉まると、用務員が四階のボタンを押した。用務員は心配そうな顔をしている。エレベータはゆっくり上がっていった。

「重いか？」おれは、ニンニクのにおいの男にきいてみた。

「全然」男はそう答えたが、顔には汗がにじみ、うなり声をもらしている。エレベータが順調に上がっていって、止まった。足を持っている男がドアを開けて、先に出た。そこは外廊下になっていて、真鍮《しんちゅう》のノブのついたドアがいくつかある。足を持っていた男がボタンを押すと、ドアのむこうでベルが鳴った。だれも出てこない。用務員が階段を上がってきた。

「病院の人間は、どこにいるんだ？」

「さあ」用務員がいった。「下に何人か寝てますが」

「だれでもいいから、連れてきてくれ」

用務員は呼び鈴を鳴らして、ドアをノックしてから、ドアを開けて、入っていった。もどってくると、あとから、眼鏡をかけた年輩の女性がついてきた。ほつれた髪が、半分顔を隠している。看護婦の制服を着ている。

「だめなのよ」看護婦がいった。「イタリア語はわからないんだってば」

「英語は話せるからだいじょうぶです」おれがいった。「このふたりは、ぼくをどこかに置いていきたいんです」

「準備のできている部屋はひとつもないの。まだ患者さんがくることにはなってないから」看護婦は髪をかきあげると、近視らしく、目をぐっと細くしてこちらを見た。

「どの部屋でもいいですから、ぼくを置いていけるところを教えてやってください」

「だって、ないのよ。患者さんがくることになっていないんだから。どの部屋でもいいというわけにはいかないし」

「どんな部屋でもかまいません」おれはいった。それから用務員にイタリア語でいった。「空いている部屋を見つけてきてくれ」

「全部空いてます」用務員が答えた。「あんたが最初の患者なんだから」用務員は帽子を手に握って、年長の看護婦を見た。

「頼むから、どこかに連れていってくれ」脚が曲がっているせいで、ずきずき痛んでしょうがない。痛みが骨の髄まで伝わるのがわかるようだ。用務員がドアを開けて中に入ると、白髪の看護婦がついていった。それからまた用務員があわててもどってきた。「ついてきてくださいよ」ふたりの男がおれを抱えて、長い廊下を歩いて、鎧戸を閉めた部屋に入っていった。新しい家具のにおいがする。ベッドがひとつと、鏡のついた大きなワードローブがひとつある。ふたりはおれをベッドに寝かせた。

「シーツを敷いてあげられないんですよ」女がいった。「鍵をかけてしまってあるの」

おれは看護婦を無視して、「ポケットに金が入っている」と用務員にいった。「ボタンのかかっているポケットだ」用務員が金を取りだした。おれを運んできた男がベッドのわきで、帽子を手に持って立っている。「ふたりに五リラずつやってくれ。それからあんたも五リラ取ってくれ。ほかのポケットに書類が入っているから、それをこの看護婦に渡してくれないか？」

おれを運んできた男は敬礼をして、礼をいった。「さようなら」おれはいった。「ありがとう」ふたりはもう一度敬礼をして立ち去った。

「この書類に」おれは看護婦にいった。「傷や、これまでの治療について書いてあります」

看護婦は書類を取りあげて、眼鏡ごしに見た。折りたたんだ書類が三種類ある。「でも、どうしたらいいの？　イタリア語は読めないし。先生の指示がないと、何もできないし」看護婦は泣きだして、書類を制服のポケットにしまった。「あなたはアメリカ人なの？」看護婦は泣きながらたずねた。

「ええ。その書類を、ベッドの横のテーブルに置いておいてください」

部屋の中は暗くてひんやりしていた。ベッドに横になると、部屋の反対側の壁にかかった大きな鏡が見えたが、何が映っているのかはわからなかった。用務員はベッドのわきに立っている。顔立ちもいいし、とても親切だ。

「もういってくれていいよ」おれは用務員にいった。「そちらも、もういってくれてかまいませんよ」おれは看護婦にいった。「お名前は？」

「ミセス・ウォーカー」

「いってください、ミセス・ウォーカー。ちょっと眠りたいんで」

おれはやっとひとりになった。部屋はひんやりしていて、病院のにおいはまったくしない。マットレスは固く、気持ちがいい。動かないように、なるべく息をしないようにしていると、うれしいことに痛みがやわらいできた。しばらくして、水が飲みたくなり、ベッドの横のコードに呼び鈴がついているのに気がついたので、ボタンを押してみたが、だれもこなかったから、そのまま寝てしまった。

おれは目を覚まして、あたりを見まわした。鎧戸の板の間から日光が差しこんでいる。大きなワードローブ、むき出しの壁、椅子がふたつ。埃まみれの包帯が巻いてある脚が、まっすぐベッドの上にのびている。脚はなるべく動かさないようにした。喉が渇いていたので、手を伸ばして呼び鈴のボタンを押してみた。ドアの開く音がしたので、そちらを向くと、看護婦が立っていた。若くてかわいい。

「おはよう」おれは声をかけた。

「おはようございます」看護婦はベッドのほうにやってきた。「まだ先生を連れてこられないんです。いまコモ湖にいっていて、まさか患者さんがくるなんて知らないんです。ところで、どこがお悪いんですか？」

「けがをして、両脚と頭をやられたんだ」

「お名前は？」

「ヘンリー。フレデリック・ヘンリー」

「体を洗いましょうか。でも先生がもどってくるまでは、治療は一切できないの」

「ミス・バークリはここに？」

「いいえ。そんな名前の人はいません」

「おれが入ってきたとき、泣いた看護婦は、だれだい？」

看護婦は声をあげて笑った。「ミセス・ウォーカーよ。夜勤で寝てたんですって。だれもこないと思ってたらしいの」

ふたりでしゃべっているあいだに看護婦はおれの服を脱がせ、包帯だけにしてしまうと、やさしく、そっと洗ってくれた。とても気持がよかった。頭に包帯を巻いたままだったが、その縁まで洗ってくれた。

「どこで負傷したの？」

「プラーヴァの北にあるイゾンツォってところだ」

「それ、どこにあるの？」

「ゴリツィアの北だよ」

どこの地名をいっても、わかってもらえそうになかった。

「とても痛い？」

「いや。もう、それほどじゃない」

看護婦はおれの口に体温計を突っこんだ。

「イタリア人は脇の下に突っこむんだ」

「しゃべっちゃだめ」

看護婦は体温計を取って目盛りを見ると、振って水銀を下げた。

「何度ある？」

「患者は知らなくていいの」

「教えてくれよ」

「ほぼ平熱よ」

「熱なんて出たためしがないんだ。この脚には古い鉄の破片が詰まってるんだ」

「迫撃砲の破片に、古いねじ釘に、ベッドのスプリングに、あといろいろ」

「どういうこと？」

看護婦は首を振って、ほほえんだ。

「もし異物が入っていれば、炎症を起こして、熱が出るはずよ」

「わかった。じゃあ、様子を見ていよう」

看護婦は部屋から出て、今朝方の年輩の看護婦を連れてもどってくると、ふたりでおれを寝かせたままベッドを直してくれた。おれには初めての経験で、なかなか見事だった。

「ここの責任者は？」

「ミス・ヴァン・キャンペンよ」

「看護婦は何人？」

「わたしたちふたりだけ」

「増員されるんだろう？」

「何人かくるみたい」

「いつ頃？」

「さあね。病人にしては、ずいぶんあれこれきくのね」

「病人じゃない。けが人だ」

　ふたりにベッドを整えてもらって、おれは肌触りのいい洗いたてのシーツの上に寝て、体の上にも一枚シーツをかけてもらった。ミセス・ウォーカーが部屋を出ていって、パジャマの上を持ってきてくれた。ふたりにそれを着せてもらうと、気分がさっぱりして、文明人にもどった気がした。

「いたれりつくせりだな」おれはいった。ミス・ゲイジと呼ばれた若い看護婦がくすくす笑った。「水を一杯もらえるかな？」

「はいはい。それから朝食ね」

「いや、朝食はいいから、鎧戸を開けてほしい？」

　薄暗かった部屋が、鎧戸を開けると日が差しこんで明るくなり、外廊下が見えた。そのむこうには家々の屋根瓦と煙突が、そのまたむこうに白い雲とまっ青な空が見えた。

「ほかの看護婦がくるのは、いつ頃かなあ？」

「なぜ？　わたしたちふたりじゃ不満？」

「いや、十分すぎるくらいだ」

「おまるがあるけど、使ってみる？」

「それはありがたい」

ふたりが手を貸して、おれの体を持ちあげようとしてくれたが、ちょっと無理だった。おれはベッドに横になり、窓の外をながめた。

「医者はいつもどってくるって？」

「もどってくるときに、もどってくるわ。コモ湖に電話はしてみたの」

「ほかの医者はいないのかい？」

「この病院にはひとりきりよ」

ミス・ゲイジは水の入ったピッチャーとコップを持ってきてくれた。おれがコップに三杯水を飲むと、ふたりは部屋から出ていった。おれはしばらく窓の外をながめていたが、そのうちまた眠った。昼食をとって、午後になると責任者のミス・ヴァン・キャンペンが会いに来た。おれのことが気に入らないようだったし、おれも同じだった。ミス・ヴァン・キャンペンは小柄で疑り深く、この手の職業にはうってつけの女性だ。あれこれきいてきた。そして、おれがイタリア人の部隊に入っているのを快く思っていないらしい。

「食事のときにワインを飲んでもいいですか」おれはたずねた。

「先生の処方に書かれていればかまいません」

「じゃあ、医者がもどってくるまでは？」

「絶対に控えていただきます」

「そのうちもどってきてくれるんでしょうね」

「すでに、コモ湖に電話をしてあります」

ミス・ヴァン・キャンペンが出ていって、代わりにミス・ゲイジが入ってきた。

「なぜ、ミス・ヴァン・キャンペンが気分を害するような口をきいたの？」ミス・ゲイジは手際よくおれの世話をしてくれてから、たずねた。

「そんなつもりはなかったんだけどなあ。しかし、嫌味な人だな」

「あの男ときたら、偉そうで、失礼だって、いってたわ」

「そんなことないって。だけど、医者のいない病院なんて、ありかなあ？」

「もどってらっしゃるわ。コモ湖に電話をしてあるから」

「いったい、そんなところで何をしてるんだろう。水泳？」

「いいえ、診療所があるの」

「ここに、もうひとり雇えばいいのに」

「しーっ。いい子にして寝てらっしゃい。そのうち、いらっしゃるから」

おれは用務員を呼んでもらうと、イタリア語で使いを頼んだ。ワインショップでチンザノを一本、キァンティを一本、それから夕刊。用務員はすぐに出かけて、頼んだ物を新聞紙に包んでもどってくると、取り出してくれた。おれが頼むと、二本とも栓を抜いてベッドの下に隠してくれた。おれはひとりになると、ベッドでしばらく新聞を読んだ。前線の様子、戦死して勲章をもらった将校のリスト。それからベッドの下に手をのばして、チンザノの壜をとりだすと、腹の上に立てた。ひんやりしたガラスの感触。そのうち腹に輪の形の跡ができた。飲むたびに、壜を腹に置くせいだ。外をながめていると、街の家々の屋根のうえに闇が下りてきた。ツバメが舞い、ヨタカが屋根の上を飛んでいる。おれはチンザノを飲んだ。ミス・ゲイジがエッグノッグを持ってきてくれた。おれはチンザノの壜をベッドの反対側に隠した。

「ミス・ヴァン・キャンペンがシェリー酒を入れてくれたわ。あの人に乱暴な口をきかないようにして。もう若くないし、この病院の責任者なんて重荷に決まっているし。ミセス・ウォーカーはお年で、あまり役には立たないでしょう?」

「あの人はすばらしいと思う。心から感謝している」

「すぐに、夕食を持ってくるわ」

「いいよ。あまり腹はすいていないんだ」

ミス・ゲイジはトレイを持ってくると、ベッドテーブルの上に置いた。おれは礼をいい、夕食を少しだけつついた。やがて外は暗くなり、空にサーチライトの太い棒が見えるようになった。おれはしばらくながめてから寝た。ぐっすり眠ったが、一度、はっとしてぐっしょり汗をかいて目が覚めた。それからまた寝た。今度は夢のなかに入らないようにした。外が明るくなるずっと前に目が覚めた。雄鶏が鳴いた。そのうち夜が明けてきた。おれは疲れていて、外が明るくなると、また寝た。

第14章

部屋のまぶしい光の中で目が覚めた。前線にもどったつもりで、ベッドの上で体を伸ばした。両脚が痛くて、見てみると、汚れた包帯を巻いたままだ。それを見て、戦場ではないのに気がついた。手を伸ばしてコードを取り、呼び鈴を押した。廊下のむこうでベルが鳴るのがきこえ、ゴム底の靴音が廊下をやってくる音がきこえてきた。ミス・ゲイジだった。明るい日の光の中で見ると、そう若くもなく、そうかわいくもなかった。

「おはようございます。よく眠れた？」

「ああ。ありがとう。床屋を呼んでもらえるかな？」

「様子を見にきたら、これを持って眠ってたわよ」

ミス・ゲイジは大きなワードローブを開けると、チンザノの壜を出してみせた。ほとんど空だ。「ベッドの下のも入れておいたわ。いえば、コップを持ってきてあげたのに」

「まさか持ってきてもらえるとは思ってなかったんで」

「少しくらいなら、おつきあいしたのに」

「話の分かる子だなあ」

「ひとりで飲むのはやめたほうがいいわ。だめですからね」

「わかった」

「お知り合いのミス・バークリがいらっしゃったわよ」

「本当に？」

「ええ。でも、嫌いなタイプ」

「そのうち、好きになるって。とてもやさしいんだ」

ミス・ゲイジは首を振った。「そうかもね。少しこっちに動いてちょうだい。それでいいわ。朝食のまえに体を拭いてあげる」ミス・ゲイジはタオルと石けんと湯で体を拭いてくれた。「背中を上げて。そう、それでいいわ」

「朝食の前に床屋を呼んでもらえるかな？」

「用務員を呼びにやるわ」ミス・ゲイジは部屋を出て、またもどってきた。「いってきてくれるって」そういうと、持っていたタオルを湯の入った洗面器につけた。

　床屋が用務員に連れられてやってきた。五十歳くらいで、口ひげの先がぴんと上を向いている。ミス・ゲイジが仕事を終えて出ていくと、床屋が石けんの泡を塗って、ひげをそってくれた。むっつりした男で、ほとんど口をきかない。

「どうかしましたか？　何かニュースでもありませんか？」

「どんな？」

「なんでも。街はどんな感じです？」

「戦時中だ。敵の耳がどこにあるかわかったもんじゃない」

おれは顔をあげて床屋を見た。「顔を動かしちゃだめだ」床屋はそういいながら、ひげをあたり続けた。「だから、何もいえないよ」

「どういうことです？」

「おれはイタリア人だから、敵に情報を流したりはしないってことだ」

おれはあきらめた。この床屋、頭がおかしいなら、なるべく早く剃刀《かみそり》の下から逃れたほうがいい。おれはもう一度、顔をよく見てやろうと思った。「動いちゃだめだ。この剃刀は切れるんだから」

ひげそりが終わったので、代金を払って、チップに半リラのコインを渡すと、床屋はコインをつっ返した。

「そいつはいらない。ここは前線じゃないが、おれはイタリア人だからな」

「もう帰ってくれ」

「おおせのままに」床屋は剃刀を新聞紙で包むと出ていった。五枚の銅貨はベッドわきのテーブルに置いたままだ。呼び出しボタンを押すと、ミス・ゲイジが入ってきた。

「用務員を呼んでくれないか？」

「わかったわ」

用務員が入ってきた。懸命に笑いをこらえている。

「あの床屋、頭がおかしいのか？」

「いいえ、シニョリーノ。思い違いをしてたんですよ。よくわかってなかったみたいで、あなたのことをオーストリアの将校だと、わたしが紹介したと思ったようです」

「そうか」

用務員は声をあげて笑った。「おかしかったですよ。あなたが少しでも不審な真似をしたら——」用務員は人差し指で喉を切る真似をした。

用務員は笑いをこらえようと必死だ。「だから、わたしが、あの人はオーストリア人じゃないといったら、もう……」

おれは皮肉っぽく、その笑い声を真似していってやった。「この喉を掻き切られていたら、さぞかしおかしかっただろうな」

「いいえ、シニョリーノ。まさか。あの床屋はオーストリア人をとてもこわがっていたんですよ」用務員はまた笑った。

おれも笑い声を真似していった。「出ていけ」

用務員は部屋から出ていったが、廊下でも笑っているのがきこえてきた。だれかが廊下をやってくる足音がきこえた。ドアのほうを見ると、キャサリン・バークリだった。

キャサリンは部屋に入ると、ベッドのほうにやってきた。

「こんにちは、ダーリン」キャサリンは初々しく若々しく、息を飲むほど美しかった。これほど美しい人を見るのは初めてだと思ったくらいだ。

「やあ」おれはキャサリンを見た瞬間、恋に落ちた。自分の中身が上下ひっくり返ったような感じだ。彼女はドアのところにいって、だれもいないのを確かめるとベッド脇の椅子に座って体をかがめ、キスをしてくれた。おれは彼女を引き寄せて、キスをした。彼女の鼓動が胸に伝わってくる。

「やっと会えた」おれはいった。「きてくれるなんて、奇跡みたいだ」

「案外と簡単にこられたの。ただ、ここにずっといるのは難しいかも」

「いてくれよ。ああ、なんて素敵なんだ」おれはもう彼女に夢中だった。信じられない。彼女がここにいて、この手に抱きしめているなんて。

「だめよ。まだ十分に回復していないんだから」

「いや、回復してるよ。だから、さあ」

「だめ。まだそんな元気はないでしょ」

「いや、あるって。あるとも。だから」

「本当に好き?」

「心から愛してる。もう夢中なんだ。だから、頼むから」

「ふたりとも心臓がどきどきしてるわね」

「ふたりの心臓なんて、どうでもいい。きみが欲しいんだ。気が狂ってしまいそうだ」

「本当に、本当に愛してる?」

「もうそれはやめてくれよ。早く、さあ、キャサリン」

「わかった。でも、ちょっとだけよ」

「ああ。ドアを閉めて」

「それはまずいわ。だめよ」

「さあ。もうおしゃべりはいいから、早く」

キャサリンはベッド脇の椅子に座っていた。ドアは廊下のほうに開いている。激しい夢のような一時《ひととき》は去って、いままで感じたことがないくらい心地よかった。

「これで信じてくれる？　あなたを本当に好きなの」

「ああ、きみは最高だ。ここにいてくれ。どこにもやらない。もう、きみに夢中なんだ」

「ねえ、もっと気をつけないと。さっきはふたりとも頭が変になってたのよ。もう、二度とあんなことしちゃだめ」

「夜ならだいじょうぶだ」

「気をつけなくちゃ。ほかの人の前では、気をつけてね」

「わかった」

「冗談じゃないんだから。あなたも素敵。わたしを本当に好き？」

「もうきかないでくれって。何度もきかれると、いらいらしてくる」

「じゃあ、気をつける。もういらいらさせないわ。さ、そろそろいかないと」

「すぐにもどってきてくれ」

「もどれるときにはもどってくるわ」

「じゃあ、また」

「じゃ、またね」

キャサリンは出ていった。彼女とは恋愛関係になんかなりたくなかった。だれとも、こんな関係にはなりたくなかった。ところがなってしまった。そしてミラノの病院でベッドに横になっている。いろんなことが頭をかすめたが、気分は最高だった。そのうちミス・ゲイジがやってきた。

「先生がもどってらっしゃるって。コモ湖から電話があったの」

「いつ、着くって？」

「今日の午後には」

第15章

午後までは何もなかった。医師は小柄でやせて口数の少ない男で、戦争のことで心を痛めているようだった。おれの両膝から砲弾の破片を次々に取り出してくれるのを見ていると、戦争への嫌悪感がそれとなく感じられた。局部麻酔をかけられた。「雪×××」とかいう麻酔で、組織を麻痺させて痛みを感じさせなくするらしい。が、探針《プローブ》やメスや鉗子が麻痺した組織の下にまで達すると、役に立たない。だから麻酔のきいている部分は、患者にもはっきりわかる。そのうち医師も細かい作業に疲れてきて、レントゲンを使おうといいだした。探針ではやってられない、らしい。

そこでオスペダーレ・マッジョーレというミラノの大病院でレントゲンを撮ってもらった。担当の医師は元気がよく、有能で、陽気な男だった。上半身を少し起こして撮ってくれた。そうすると、患者にも機械に映った大きい破片が見えるからだ。X線写真はあとで届けてもらうことになった。医師は手帳を出すと、名前と部隊名と、何かひと言書いてくれといった。医師はこんなことをいった。体内に残っている破片は醜く、いやらしく、残酷だ。オーストリア人はろくでなしばかりだ。ところで、何人殺した？　おれはひとりも殺したことはなかったが、話を合わせることにして、たくさん殺しましたよと答えた。そばにミス・ゲイジがいて、医師は片腕を彼女の肩に回すと、クレオパトラより美しいといった。この子にちゃんとわかったかな？　クレオパトラって、昔のエジプトの女王でしょう？　そうそう、それにしてもこの子は美しいよ。おれはミス・ゲイジと、もといた小さいほうの病院に運搬車でもどり、階段を運ばれて、ベッドに横になった。その日の午後にはX線写真が届いた。むこうの病院の医師は、午後には必ず届くようにするといっていたが、その通りだった。キャサリン・バークリがそれをおれに見せてくれた。赤い封筒に入っていたのを出して、光にかざして、ふたりでながめた。

「これは右脚ね」キャサリンはいって、それを封筒にもどした。「これが左脚」

「全部封筒に入れて、ベッドにおいで」

「だめ。ちょっとこれを見せにきただけなんだから」

キャサリンは出ていって、おれはベッドに寝転がっていた。午後は暑く、ベッドで寝ているのにうんざりしてきた。そこで用務員を使いにやって、新聞を買ってこさせた。あるだけ全部といっておいた。

用務員がもどってくるまでに、医師が三人、部屋にやってきた。前々から気づいていたのだが、薬の処方を間違えるような医師は、仲間を連れてきて相談する傾向が強い。盲腸の手術が下手な医師は、扁桃腺もろくに切ることのできない仲間を紹介することが多い。三人はそろって、その手の医師らしい。

「これが例の患者です」ほっそりした手の、この病院の医師がいった。

「はじめまして」背が高く、やせて、あごひげを生やしている医師がいった。三番目はX線写真の入った赤い封筒を持っているが何もいわない。

「包帯を取ってみるか？」あごひげの医師がいった。

「そうだな。じゃ、包帯を取ってくれないか？」病院の医師がミス・ゲイジに声をかけた。ミス・ゲイジは包帯をほどいた。おれも両脚に目をやった。野戦病院にいたときは、腐りかけた挽肉で作った焼く前のハンバーグのようだった。いまはかさぶたができて、膝《は》は腫れて黒ずみ、ふくらはぎは細くなっていたが、膿は出ていない。

「とてもきれいだ」病院の医師がいった。「とてもうまくきれいにふさがっている」

「ああ」あごひげの医師がいった。三番目の医師は、病院の医師の肩ごしに見ている。

「膝を動かしてみてくれないかね」あごひげの医師がいった。

「動かせないんです」

「関節を診てみようか？」あごひげの医師がいった。袖に筋が一本ついていて、その横に三つ星章がついている。一等大尉らしい。

「そうですね」病院の医師がいった。ふたりが、おれの右足をそっと持って、曲げた。

「痛いです」おれがいった。

「わかった、わかった。もう少し曲げてみましょうか？」

「無理だ。それ以上曲がりませんよ」おれがいった。

「関節が一部硬直しているんだろう」一等大尉は体を起こしていった。「もう一度、X線写真をみせてもらえるかな?」三番目の医師が一枚渡した。「これじゃない。左脚のを」

「それが左脚のX線写真です」

「ああ、そうか。逆から見ていた」医師は写真を返し、もう一枚のほうをながめた。「ほら、ここだ」一等大尉は破片のひとつを指さした。光にかざしているので、丸いやつがくっきり見える。三人はしばらく写真を見ていた。

「ひとつだけいえることがある」あごひげの一等大尉がいった。「これは時間にまかせるしかないだろう。三ヶ月か、六ヶ月かかるかな」

「関節の滑液が再生されるまではしょうがないですから」

「たしかに。時間にまかせるしかないな。良心的に考えれば、破片が被嚢《ひのう》[8]されるまで、膝を切開するのは待ったほうがいい」

「そうですね」

「六ヶ月どうするんですって?」おれはきいた。

「六ヶ月待って、破片が被嚢されたら、膝を切開してもだいじょうぶ、ということです」

「冗談じゃない」おれはいった。

「膝をなくしたくはないでしょう」

「いりませんよ」

「なんですと？」

「切り落としてください。そうすれば、そこに鉤《かぎ》でもつけられますから」

「どういうことです？　鉤？」

「冗談をいってるんですよ」病院の医師がいって、おれの肩を軽くたたいた。「膝をなくしたりしたくないでしょう。この若者はじつに勇敢で、銀の武勲章に推薦されているんです」

「それはおめでとう」一等大尉は、おれの手を握った。「ただいえるのはだね、このような傷の場合は、六ヶ月ほど待ってから切開したほうが無難だということだ。ほかの医師の意見をきいてくれてもいいんだよ」

「ありがとうございます。おっしゃるとおりにします」

8　線維性組織が包みこんで、強固な膜をつくること。

一等大尉は腕時計を見た。

「さて、いかないと。では幸運を祈るよ」

「ぼくもあなたの幸運を祈ってます。ありがとうございました」おれは三番目の医師と握手をした。「ヴァリーニ大尉《カピターノ》です」「エンリー中尉《テネンテ》です」そして三人は部屋から出ていった。

「ミス・ゲイジ」おれが呼ぶと、ミス・ゲイジが入ってきた。「病院の先生に、ちょっときてもらってくれないか」

医師は帽子を持って、ベッドのそばにきてくれた。「何か?」

「ええ。手術をするのに六ヶ月も待てません。先生、六ヶ月も寝てたことがありますか?」

「一日中寝ているわけじゃない。まず、傷を日光にあてる。それから松葉杖を使えるようになる」

「六ヶ月待って、それから手術ですか?」

「それが無難だと思う。破片が被嚢されて、滑液が再生されれば、膝を切開してもだいじょうぶだ」

「先生は本当に、六ヶ月待つべきだと思っているんですか？」

「無難だからね」

「あの一等大尉はどういう人なんです？」

「ミラノでとてもすぐれた外科医だ」

「だけど、一等大尉ですよね」

「そうだ。しかし、すぐれた外科医だ」

「一等大尉なんかに、この脚をいじられたくありません。もし優秀なら、もう少佐くらいにはなってますよ。一等大尉がどの程度のものかくらい、わかってます」

「彼は優秀な外科医だし、わたしは彼の意見をほかのどんな外科医の意見よりも尊重するね」

「ほかの外科の先生に診てもらってもいいですか？」

「もちろんだ。だが、わたしならドクター・ヴァレッラの意見に従うだろうね」

「ほかの先生にきてもらえるように頼んでもらえますか？」

「ヴァレンティーニに頼んでみようか」

「どんな方です？」

「マッジョーレ病院の外科医だ」

「よかった。本当に、ありがとうございます。しかしわかってください、先生、六ヶ月なんてベッドで寝てられませんよ」

「一日中寝ているわけじゃない。まず、傷を日光にあてて回復させる。それから軽い運動をしてもいい。そして破片が被嚢するのを待って、手術するんだ」

「しかし六ヶ月は待てません」

医師は帽子を持っていたほっそりした指を広げて、ほほえんだ。「そんなに前線にもどりたいのかね？」

「もちろんです」

「立派としかいいようがない。素晴らしい若者だ」医師はかがみこんで、おれの額にほんの軽くキスをした。「ヴァレンティーニを呼びにやるよ。だから、心配しないように。それから興奮しないように。いい子でいるように」

「一杯やりませんか？」

「いや、結構。酒は飲まないんだ」

「一杯だけ、どうです？」おれは用務員にコップを運んでくるようにいおうと呼び出しボタンを押した。

「いや、結構。あのふたりの医師を待たせているしね」

「ありがとうございました」

「どういたしまして」


二時間後、ドクター・ヴァレンティーニが大急ぎで部屋にやってきた。口ひげの先がぴんと上を向いている。少佐で、顔は日焼けして、しじゅう笑っている。

「おいおい、また、ひどくやられたもんだな。X線写真を見せてもらおうか。そう、そう、それだ。きみはまるでヤギみたいに元気そうだな。あのかわいい娘は恋人か？そうだと思った。それにしてもひどい戦争だ、そう思わないか？ ここは、どうだ？ほう、いい子だな。新品同然にしてやるぞ。ここは痛むかい？ ま、痛むだろうな。あの医者たちは、痛い思いをさせて喜んでいたんだろうな。これまでどんな治療を受けてきた？ あの娘はイタリア語はしゃべれないのか？ 習わなくちゃな。じつにかわいい。教えてやろうか。いやあ、ここの患者になりたいくらいだ。ま、それはやめておくか。だが、あの娘がきみの子を出産というときはうちにこい、無料で診てやるからな。あの娘はわたしのしゃべったことがわかったかな？　きっと立派な男の子が生まれるぞ。あの娘そっくりのきれいな金髪の子だ。それでいい、それで十分だ。それにしてもかわいい娘だな。いっしょに夕食はどうかきいてみてくれ。いやあ、きみから奪ったりはせんよ。ああ、お嬢さんありがとう、どうも、ありがとう。これでもう全部わかった。知りたいことはこれで全部だ」医師はおれの肩をたたいていった。

「包帯は取ったままでいい」

「一杯やりませんか、ドクター・ヴァレンティーニ？」

「酒か？　いいねえ。十杯くらいいこう。どこにあるんだ？」

「そこの戸棚の中です。ミス・バークリが持ってきてくれます」

「乾杯。お嬢さん、あんたに、乾杯だ。まったく、かわいい娘だ。こんなのよりずっとうまいコニャックを持ってきてやろう」医師は口ひげをぬぐっていった。

「いつ手術できそうですか？」

「明日の朝だな。それより早くは無理だ。胃袋を空っぽにしなくちゃ。それから体を洗っておかないとな。下のおばさんに会って、指示を与えておくよ。ごちそうさま。じゃ、明日会おう。もっとうまいコニャックを持ってくるよ。ここは居心地がいいだろう。じゃあ、また。明日な。ぐっすり寝ておけよ。朝早めにくるからな」医師はドアのところで手を振った。口ひげの先がぴんと上を向いて、日焼けした顔がにこにこしている。袖には四角い枠がついていて、そのなかに星がひとつある。少佐だ。

第16章

夜、コウモリが一匹部屋に飛びこんできた。外廊下に出るドアが開いていて、おれはキャサリンといっしょに、街の屋根の上の夜をながめていた。部屋は暗く、街の上の夜にわずかに光が残っているだけだった。コウモリはおびえた様子もなく、部屋のなかだというのに外にいるときと同じように餌をあさっていた。キャサリンとベッドに横になって、それを見ていたが、コウモリは気づいていないと思う。おれたちはじっとしていた。コウモリが外に飛び去ってしばらくすると、サーチライトの光が一本、夜空を横切って消え、また暗くなった。夜風が部屋に吹きこみ、隣の屋根に設置された高射砲手の話し声がきこえてきた。外は涼しくて、連中はケープをはおっていた。夜のなかでおれは、だれかやってこないかと心配だったが、キャサリンは、みんな寝てるわといった。キャサリンと眠ったはずが、夜中に一度、目が覚めると、いなかった。しかし廊下をやってくる足音がきこえてきて、ドアが開き、ベッドにもどってきて、だいじょうぶよ、下にいってみたけど、みんな寝てるからといった。ミス・ヴァン・キャンペンの部屋の前にいってみたところ、寝息がきこえたらしい。キャサリンがクラッカーを持ってきてくれたので、いっしょに食べて、ヴェルモットを少し飲んだ。ふたりとも腹ぺこだったが、キャサリンに、朝になったら食べたものを全部出しちゃわないとだめよといわれた。あたりが明るくなってきてから、おれはまた眠り、目が覚めると、キャサリンはまたいなくなっていた。そしてまたやってきた。すがすがしい顔で、かわいらしく、ベッドに腰をかけた。日が昇ってくる。口に体温計をくわえていると、屋根の上におりた露のにおいと、隣の屋根の高射砲手が飲むコーヒーのにおいが鼻をくすぐった。

「いっしょに散歩にいけたらいいわね。車いすがあったら、連れていってあげるのに」

「これじゃ、乗れないよ」

「乗せてあげる」

「いっしょに公園にいって、いっしょに朝食を食べられるな」おれは開いているドアの外に目をやった。

「でも、もっと差し迫った問題があるのよ。あなたのお友だちのドクター・ヴァレンティーニがいらっしゃるから、その準備をしなくちゃ」

「すごくいい人だった」

「わたしは、それほどには思わなかったけど、腕はいいんでしょうね」

「ベッドにおいでよ、キャサリン。たのむ」

「だめ。素敵な夜を過ごしたじゃないの」

「今夜も勤務できそうかい？」

「たぶんね。でも、今夜はわたしはいらないでしょう？」

「いや、ほしい」

「無理無理。手術なんてしたことがないから、そんなことをいうのよ。知らないだけ」

「だいじょうぶだって」

「吐き気吐き気で、わたしのことなんか、どうでもよくなるはずよ」

「じゃ、いま、きてくれ」

「だめ。体温表に書きこんで、準備をしなくちゃ」

「本当に愛してくれているなら、きてくれるはずだろう?」

「おばかさんね」キャサリンはキスをしてくれた。「キスくらいなら、体温は上がらないわ。いつも平熱ね。体温だけは満点よ」

「きみはすべてが満点だよ」

「まさか。あなたの体温は満点。わたしは心から、それを自慢に思うわ」

「ふたりの子どもは、きっと、体温は満点だな」

「ふたりの子どもは、きっと、野獣なみの体温よ」

「ヴァレンティーニ先生がくるから準備をするっていってたけど、どんなことをするんだ?」

「たいしたことじゃないんだけど、すごく不快なこと」

「きみがやらなくちゃいけないのか?」

「そんなことはないけど、ほかの人にあなたを触らせたくないの。ばかみたいだけど、ほかの人が触ったりしたら、激怒しそう」

「ファーガソンでもかい?」

「ファーガソンでも、ゲイジでも、それから、もうひとりの、だれだっけ?」

「ウォーカー？」

「そうそう。ずいぶん、看護婦が多くなったわよね。患者さんが増えるのかしら。そうでないと、わたしたちほかに回されそう。もう四人もいるのよ」

「次々に患者がくるんだろう。そうなると看護婦が必要になるからね。それにこの病院はそれなりに大きいし」

「きてほしいわ。もしほかに回されたら、どうしよう。あまり患者さんがこなかったら、きっとそうなると思う」

「そのときは、いっしょに回してもらうよ」

「ばかなことをいわないで。あなたは、まだだめよ。まず早く回復してもらわなくちゃ、でしょ？　そうなったら、いっしょにどこかにいきましょう」

「そのあとは？」

「おそらく、戦争が終わる。いつまでも続くはずないもの」

「じゃ、よくなるよ。ヴァレンティーニ先生が治してくれるさ」

「あの口ひげでやってくれるわ。それから、エーテル麻酔をするときは、ほかのことを考えてね。わたしたちのことは考えちゃだめ。麻酔がかかっていると、あれこれしゃべっちゃうものなの」

「何を考えればいいんだ?」

「なんでもいいわ。でも、わたしたちのことはだめ。家族のこととか、ほかの女の子のことでもいいし」

「それはやめておく」

「じゃ、お祈りでもしてて。きっと好印象を与えると思う」

「何もしゃべらない」

「そうね。しゃべらない人もいるけど」

「絶対にしゃべらない」

「また、そんな偉そうなことをいって。強がりをいってもだめ。いい子だから、素直になりなさい」

「ひと言もしゃべらない」

「また、そんなことをいって。そんな必要ないんだから。深く息を吸ってといわれたら、ただお祈りをとなえるか、詩を暗唱してちょうだい。すごく似合うと思うの。わたし、わくわくしちゃいそう。いまだって、わくわくしてるんだから。体温は満点だし、枕を抱えてわたしだと思って眠っているところは少年みたいだし。それとも、ほかの女の子？　かわいいイタリア人の女の子かしら？」

「きみだよ」

「もちろん、わたしよね。ねえ、大好き。ヴァレンティーニ先生は脚をきれいに治してくださると思うの。でも、わたしはありがたいことに、手術を見なくてすむらしいわ」

「そして今晩は、夜勤で来てくれるんだろう？」

「ええ。でもわたしのことなんか知らんぷりだと思う」

「まあ、待ってろって」

「さあ、これで内側も外側もきれいになった。ひとつ教えて。いままで何人の女性を好きになった？」

「だれも」

「わたしも？」

「きみはべつだ」

「ねえ、本当は何人いたの？」

「ひとりもいないって」

「何人——っていうか——ひと晩いっしょにいた相手は?」

「ひとりもいない」

「嘘つき」

「まあね」

「いいわ。そうやって嘘をつき通してよね。そうしてほしいから。みんな、かわいかった?」

「ひと晩いっしょにいた相手なんていないって」

「あら、そう。で、みんな魅力的だった?」

「さあ、どうかな」

「あなたはわたしのもの。それは確かだし、あなたはいままでだれのものでもなかった。でも、そういう相手がいたとしても、気にしないわ。そんな女、こわくないもの。だけど、そういう女の話をするのはやめてちょうだい。ところで、ひと晩いっしょにいてくれる女って、いつ値段をいうの?」

「知らないなあ」

「でしょうね。愛してるって、いってくれる? 教えてよ。知りたいの」

「ああ、そういってくれといえば、いってくれる」

「男のほうも、愛してるっていうの？　ねえ、教えて。これって、とても大切なことなの」

「もしいいたければ、いうんじゃないか」

「でも、あなたはいったことがない。ほんとに？」

「本当だ」

「ほんとにないのね。嘘をつかないで」

「ない」もちろん、嘘だ。

「そんなこといわないわよね。うん、わかってるわ。ねえ、大好きよ」

外では太陽が家々の屋根の上に昇っていて、大聖堂のたくさんの塔が日を受けて輝いていた。おれは内側も外側もきれいになって、医師を待っていた。

「つまり、そういう女は、相手がいってほしいことをいってくれるのね」

「いつもそうとは限らないな」

「でも、わたしなら、そうするわ。わたしは、あなたがいってほしいことをいうし、あなたがしてほしいことをする。そうすれば、あなたはほかの女の子なんかほしくならないでしょう？」キャサリンは本当にうれしそうにこちらを見た。「あなたのしてほしいことをしてあげて、あなたのいってほしいことをいってあげたら、もういうことなしよね」

「もちろんだよ」

「さて、今度は何をしてほしい？　もう準備万端よ」

「もう一度、ベッドにきてほしい」

「わかった。いくわ」

「ああ、キャサリン！」

「ほら、してほしいことはなんでもしてあげるっていったでしょう？」

「ああ、きみはとてもかわいい」

「まだ、あんまり上手じゃないの」

「素敵だ」

「あなたのしてほしいことをしてあげたいの。もうわたしなんてなくていい。あなたの望むものになればいいの」

「かわいいな」

「わたし、上手でしょう？　うまくない？　ほかの女なんていらないわよね」

「いらない」

「ね、ほら、上手でしょう。こうしてほしいんでしょう？」

第17章

手術後、目が覚めてみると、まだこの世にいた。さっさとあの世にいけるわけではないらしい。ただ、息がしづらい。といっても死にかけているような感じではなく、薬のせいで息がしづらいわけで、苦しいと感じているわけではない。そのあとは酔っぱらっているような気分だったが、吐いても出てくるのは胆汁だけで、吐いた後も気分はよくならない。ベッドのむこうに砂袋がいくつか見える。ギプスから出ている管をおさえている。しばらくしてミス・ゲイジがやってきた。「具合はどう？」

「いいよ」

「手術は見事に成功だったみたい」

「どのくらいかかったんだ？」

「二時間半よ」

「何か、変なことをいってなかったかい？」

「ぜんぜん。まだあまりしゃべらないで。静かにしているようにね」

吐き気がした。キャサリンのいったとおりだ。だれが夜勤でも関係なさそうだ。


あと三人、患者が増えていた。ジョージア州出身のやせた若者がひとり、赤十字に勤務していたのが送ってこられた。マラリアらしい。それからニューヨーク出身の感じのいい、やはりやせた若者がひとり、マラリアで黄疸症状が出ている。三人目はおもしろい若者だ。高性能爆弾に散弾を詰めた榴散弾の信管キャップをはずそうとして目をやられた。みやげにしようとしたらしい。これはオーストリア軍が山間部の戦闘で使っているもので、爆発後、先端のキャップに何かが接触すると、散弾が飛び散るようになっている。

キャサリン・バークリはほかの看護婦に気に入られていた。というのも、進んで夜勤をしてくれるからだ。マラリア患者の手当は大した手間ではなかった。信管をはずそうとした若者は、おれたちの仲間になっていたので、必要なとき以外、夜は呼び鈴を押さないでいてくれた。キャサリンは仕事がないときはいつもいっしょにいてくれた。おれは彼女が好きでたまらなかったし、彼女もおれが大好きだった。おれは昼間寝て、起きているときはおたがいに短い手紙を書いて、ミス・ファーガソンに頼んで交換した。ミス・ファーガソンは気持のやさしい子だった。だが兄弟が五十二師団にひとりと、メソポタミアにひとりいるということ以外は何も知らない。ただ、ミス・バークリにはとてもよくしてくれた。

「ふたりの結婚式にはきてくれるかい？」おれは一度、たずねたことがある。

「あなたたちは絶対、結婚しないと思う」

「するよ」

「いいえ、しないわ」

「どうして？」

「結婚する前にけんかすると思う」

「けんかなんて、絶対にしないよ」

「これから先の話よ」

「しないって」

「じゃあ、あなたが死ぬかね。けんかするか、死ぬか。みんなそうよ。だから結婚しないの」

おれは彼女の手を取った。「そんなことしなくていいわ。泣いてなんかいないんだから。もしかしたら、あなたたちふたりはだいじょうぶかもしれない。だけど、くれぐれも用心して、困ったことにならないようにしてよね。そんなことになったら、あなた、ただじゃおかないわよ」

「だいじょうぶだって」

「じゃあ、ほんとに気をつけてよ。早くよくなるといいわね。いま、楽しいでしょ?」

「ふたりとも楽しいよ」

「じゃあ、けんかをしないで、困ったことにならないようにね」

「だいじょうぶ」

「ほんとにほんとよ。キャサリンが戦争孤児とふたりきりになるなんて、想像するだけでぞっとする」

「きみはやさしいな」

「そんなことないわ。お世辞をいってもだめ。脚はどう？」

「かなりよくなった」

「頭のほうは？」ミス・ファーガソンが指で頭の上を触った。しびれた足みたいな感じだった。

「平気さ」

「あんな衝撃を受けたら、頭がおかしくなるものなんだけど、平気なの？」

「ああ」

「運がよかったのね。手紙は書けた？　これから下にいくの」

「じゃあ、頼む」

「キャサリンにしばらく夜勤を控えるようにいってちょうだい。とても疲れてるから」

「わかった。そうする」

「わたしが夜勤をするといっても、きいてくれないのよ。ほかの看護婦は、彼女にやってもらって喜んでいるし。あの子をちょっと休ませてやって」

「わかった」

「ミス・ヴァン・キャンペンが、あなたは午前中ずっと寝てるっていってるわよ」

「いわせておけばいいよ」

「何日か、夜勤は控えるようにしたほうがいいと思うわ」

「ぜひ、そうしてほしいと思ってるんだ」

「嘘ばっかり。でも、もしそういってくれたら、ほめてあげるわ」

「じゃあ、そうしよう」

「本当かしら?」ミス・ファーガソンは手紙を持って出ていった。呼び出しのボタンを押すと、ミス・ゲイジがやってきた。

「どうかした?」

「ちょっと相談があって。というのも、ミス・バークリなんだが、しばらく夜勤をひかえるべきだと思うんだ。見るからに疲れていて。なんで毎晩、夜勤をするのかなあ」

ミス・ゲイジはこちらを見ていった。

「わたしはあなたたちの味方よ。そんなふうにごまかさなくていいわ」

「どういうことかな?」

「ばかみたい。いいたいのはそれだけ?」

「ヴェルモットでもどうだい？」

「じゃ、それをいただいてから、いくことにする」ミス・ゲイジは戸棚からヴェルモットとコップをひとつ持ってきた。

「コップを使ってくれ。こちらは口飲みするから」

「あなたに乾杯」

「ミス・ヴァン・キャンペンが、午前中ずっと寝ているとかなんとかいってるらしいんだけど」

「ただの嫌味よ。あなたのことを、これほど優遇されている患者はいないっていってるわ」

「まったく、いやな女だ」

「悪意はないのよ。ただ、年を取って、気むずかしくなっているだけ。だけど、あなたのことを気に入ることはなさそうね」

「たしかに」

「でも、わたしはあなたを気に入ってるわ。そしてあなたの友だち。忘れないでね」

「きみは本当にいい子だ！」

「何いってるの。あなたの『いい子』はほかにいるでしょ。でも、わたしはあなたの友だちだから。脚はどう?」

「だいぶいい」

「冷たいミネラル・ウォーターを持ってきてかけてあげる。ギプスをはめていると、かゆいでしょ。外側は熱いし」

「本当に、いい人だな、きみは」

「とてもかゆい?」

「いや、だいじょうぶだ」

「その砂袋、位置を直してあげる」ミス・ゲイジは体をかがめた。「わたしはあなたの友だち」

「わかってる」

「わかってないわ。でもそのうちわかると思う」

キャサリン・バークリは三晩、夜勤を休んで、またもどってきた。まるでお互い長い旅を終えてやっと再会したような気持だった。

第18章

　その夏は文句なしに楽しかった。外に出られるようになると、キャサリンを連れて馬車で公園にいった。あの馬車はいまでもよく覚えている。馬が一頭のんびり馬車を引き、見上げると、光沢のある山高帽をかぶった御者の背中があって、隣にはキャサリン・バークリが座っていた。手が触れあうと、ただ手の横が触れあっただけでも、ぞくぞくした。松葉杖が使えるようになるとガレリアにあるレストラン〈ビッフィ〉や〈グラン・イタリア〉にいって店の外に並んでいるテーブルについた。ウェイターが店から出たり入ったりして、通行人がそばを通りすぎ、シェードのついたロウソクがテーブルクロスに置いてあった。そのうちにふたりとも〈グラン・イタリア〉が気に入って、給仕頭のジョージがおれたちのために席を用意してくれるようになった。ジョージは信用できるウェイターだったので、料理はすべてまかせて、おれたちはただながめていた。通りを行き来する人々、夕暮れ時のガレリア、そしておたがいを。飲み物はアイスペールで冷やした辛口の白のカプリ。もちろん、ほかのワインもかなり試してみた。フレーザ、バルベーラ、甘口の白ワインも何種類か。戦時中なのでソムリエはいなくて、おれがフレーザという名前のワインについてたずねると、ジョージは照れくさそうにほほえんだ。

「フレーザというのはスペイン語でイチゴのことですが、イチゴ風味のワインなんて作っている国はありませんよ」

「あら、いいじゃない」キャサリンがいった。「素敵だと思うわ」

「ではひとつ、試してみますか?」ジョージがいった。「しかし中尉《テネンテ》にはマルゴーをお持ちしましょう」

「おれも、フレーザを試してみるよ、ジョージ」

「いえ、あまりお勧めしません。イチゴの味さえしませんよ」

「するかもしれないわ」キャサリンがいった。「もししたら、素晴らしいじゃないの」

「では持ってきましょう。奥様に納得するまで飲んでいただいて、下げることにします」

たいしたワインではなかった。ジョージのいったとおり、イチゴの味もしない。そこでまたカプリにもどった。ある晩、金が足りなくて、ジョージから百リラ借りた。

「かまいませんよ、中尉《テネンテ》。そういうこともあります。お金はたまに足りなくなるものです。あなたであれ、奥様であれ、何かのときには、いつでもお貸しします」

夕食が終わると、ガレリアを散歩した。ほかのレストランや、鉄のシャッターをおろした店の前を歩いていき、小さな店の前で立ち止まる。店では、ハムとレタスのサンドイッチや、指くらいの長さのつやつやした小さい茶色いパンにアンチョビをはさんだサンドイッチなんかを売っている。それを腹が減ったときのために買っていく。それからガレリアの外に出て大聖堂の前で、無蓋の馬車に乗って病院にもどる。病院の前までくると、用務員が馬車から降りるのを手伝ってくれて、松葉杖を持たせてくれる。おれは御者に金を払って、キャサリンといっしょにエレベータで上にあがる。キャサリンはひとつ下の階で降りる。看護婦が寝泊まりしている階だ。おれは次の階で降りると松葉杖をついて、廊下を歩いて部屋にもどる。服を脱いでベッドに入るときもあるし、バルコニーに出て椅子に腰かけ、両脚をほかの椅子にのせて、屋根の上を飛びかうツバメをながめながらキャサリンを待つこともある。彼女が階段をあがってくると、まるで長い旅からもどってきたように思えた。そしておれは松葉杖をついて彼女と廊下を歩いていく。病室のドアの前で洗面器を持って待つこともあれば、彼女といっしょに入ることもある。どちらになるかは、そこにいるのがおれたちの仲間かそうでないかによる。彼女が仕事をすませてしまうと、部屋のバルコニーに並んで座る。そのあとおれはベッドに入り、みんなが寝静まって、呼び出されることもないのがはっきりすると、キャサリンがやってくる。おれは彼女の髪をほどくのが好きだった。彼女はベッドに座って、じっとしている。ふいにかがみこんで、髪をほどいているおれにキスをする。おれはヘアピンを抜いてはシーツの上に置いていく。おれはじっとみつめ、彼女はじっと動かない。そして最後の二本を抜くと、髪がばさっと落ちてきて、彼女が顔を近づけると、ふたりいっしょにその下に隠れてしまう。まるでテントの中か、滝の後ろにいるような感じだった。

キャサリンの髪は息を飲むほど美しく、おれはときどき横になって、彼女が髪を結い上げるのをながめていた。開いたドアから差しこむ光のなかで、夜だというのに髪は輝き、まるで夜明け直前の光を浴びた水面のようだった。キャサリンは顔も体も美しく、なめらかな肌も美しかった。ふたりで横になっているとき、おれはその頰や額や、目の下や顎や喉に、指先で触れながらいった。「ピアノの鍵盤みたいにすべすべしている」すると彼女はおれの顎を指でなでていう。「紙ヤスリみたいにすべすべ。

ピアノの鍵盤が擦り傷だらけになっちゃいそう」

「そんなに？」

「冗談だってば」

夜は最高だった。おたがいにふれ合っていさえすれば、幸せだった。夢中で愛し合うだけでなく、ことあるごとに愛を確かめたし、別々の場所にいても愛を伝え合った。ときどき通じあえたような気がしたが、それはふたりとも同じことを考えていたからかもしれない。

そして、おたがいにこんなことをいっていた。もう結婚して数ヶ月になる。彼女がこの病院にやってきたとき、ふたりは結婚したんだから、と。おれは正式な結婚式をあげたいと思っていたが、キャサリンは反対だった。もし結婚したりしたら、自分はほかの病院に移されるだろうし、書類なんかを用意しだしたら、それだけで監視の目が厳しくなって、引き裂かれてしまうに決まっているというのだ。イタリアの法律では、あれこれ手続きが面倒らしい。おれは結婚したくてしょうがなかった。というのも子どもができるのが心配だったからだ。おれたちは結婚しているつもりになって、あまり心配はしなかったし、おれのほうもじつは、結婚していないということを楽しんでもいた。ある晩、そのことを話していたら、キャサリンにこういわれた。「でも、わたし、ほかのところにやられちゃうわ」

「そうともかぎらないいんじゃないか」

「そうにきまってる。わたしはイギリスに帰されて、戦争が終わるまであなたと会えなくなるわ」

「そうなったら、休暇を取って、遊びにいくよ」

「戦時休暇くらいじゃ、スコットランドまで往復するのは無理。それに、あなたと別れたくないもの。いま結婚してなんになるの？　実際は結婚しているようなものじゃない。これ以上の結婚なんてありえない」

「ただ、そのほうがきみのためにいいと思っているだけなんだ」

「もう、わたしなんてないわ。わたしはあなたたもの。あなたと切り離されたわたしなんて、でっちあげないで」

「女の子ってみんな結婚したがるもんだと思ってたんだけどな」

「そりゃ、そうよ。でもね、わたしはもう結婚しているの。あなたとね。わたし、いい妻じゃなくて？」

「素晴らしい妻だ」

「わたし、一度、結婚するのを待っていたことがあるの」

「その話はいいよ」

「わたしがいま愛しているのはあなただけ。ほかのだれかがわたしを愛したことがあるからって、気にしないで」

「気になるよ」

「死んだ相手に嫉妬することないじゃない。だって、あなたはすべてを持っているんだから」

「嫉妬はしないけどね。だけど、この話はもうやめよう」

「ばかね。あなただってほかの女の子とたくさん経験してるけど、わたしは気にしないわ」

「ふたりだけで、こっそり結婚できないかな？　そうすればこの身に何かあったときや、きみに子どもができたとき、たすかるだろう」

「教会にいくか役所にいくかしかないわ。こっそりでいいなら、もう結婚してるじゃない。もしわたしが敬虔なキリスト教徒だったら、そりゃ、教会で結婚するわ。でも、ちがうもの」

「だけど、聖アントニオのメダルをくれたじゃないか」

「あれは、お守りみたいなものよ。わたしもだれかにもらったの」

「じゃあ、全然心配にならないのかい？」

「あなたと引き離されるのだけが心配。あなたがわたしの宗教なの。わたしにはあなたしかいないの」

「わかった。だけど、結婚したくなったらいってくれ。すぐに結婚するから」

「まるで、そうしないとわたしが本当の妻じゃないみたい。わたしは本当の本当にあなたの妻なの。心から幸せで、心から自慢に思っているなら、何も恥じることはないわ。ねえ、いま幸せじゃないの？」

「きみは絶対に、ほかの男のところに逃げたりはしないかい？」

「するわけないじゃない。ほかの男のところに逃げるなんて、絶対にしない。これからいろんな恐ろしいことが起こるかも知れないけれど、そんな心配だけはする必要ないわ」

「いや、心配しているわけじゃないんだ。だが、きみのことをこんなに好きなのに、きみはかつてほかの男を愛していた」

「その人はどうなった？」

「死んだ」

「そう。そしてもし生きていたら、わたしはあなたと会っていない。わたしは、一途なの。欠点はたくさんあるけれど、とてもとても一途なの。それも、あなたがうんざりするほどね」

「そろそろ、前線にもどれという命令がくるころだ」

「そのときまでは、考えないようにしましょう。ほら、わたしは幸せよ。そしてわたしたちは素敵な時間を過ごしている。わたし、ずいぶん長いことふさぎこんでいて、あなたに会ったとき、頭がおかしかったのかも。たぶん、そうだったんだわ。でもふたりとも幸せだし、愛し合っているし。だから、とにかく幸せでいて。ね、幸せでしょ？　何か、わたしのことで気に入らないことがある？　何か、してほしいことがある？　髪を下ろしてほしい？　したい？」

「うん、ベッドにおいで」

「わかった。そのまえに患者さんたちをみてくるわ」

第19章

夏はそんなふうにして過ぎていった。あまりよく覚えてはいないのだが、暑かったことと、新聞に連戦連勝の記事が載っていたのは覚えている。体調も上々で、足の傷のなおりも早かった。松葉杖はすぐにいらなくなり、ステッキで歩けるようになった。するとオスペダーレ・マッジョーレで膝を曲げるための治療が始まった。機械治療、鏡張りの部屋での紫外線浴、マッサージ、バス、そんな感じだ。午後に治療に出かけ、終わるとカフェに寄って、何か飲みながら新聞を読む。街をぶらつくつもりはなく、カフェを出るとそのまま病院にもどった。キャサリンに会いたい、それだけだった。それ以外の時間はすべて、つぶすためにあった。午前中はほとんど寝て、午後になると、ときどき競馬にいって、夕方、機械治療にいった。たまにアングロ・アメリカン・クラブに顔を出して、窓際に置いてあるゆったりした革張りの椅子に座って、雑誌を読むこともあった。松葉杖を使わなくなってからは、キャサリンといっしょに出かけることはなくなった。看護婦が、付き添いが必要でなくなった患者とふたりきりでいるのは変だからだ。そんなわけで、午後はあまりいっしょにいられなくなった。ただ、ファーガソンを交えて三人で夕食にいくことはあった。ミス・ヴァン・キャンペンは、おれたちふたりが仲がいいということは認めてくれていた。というのは、キャサリンのおかげでずいぶん仕事が減ったからだ。それにキャサリンのことを良家のお嬢様だと思いこんでいて、そのうち、あれこれほめるようになった。ミス・ヴァン・キャンペンは家柄をとても重んじていて、彼女自身いい家の出だった。病院は忙しく、看護の仕事も大変だった。夏で暑く、おれはというと、ミラノに知人は大勢いたが、夕方になると病院に帰りたくてしょうがなかった。イタリア軍はカルソ地方を進攻中で、すでにプラーヴァの対岸のクークを奪取して、バインジッツァ高地を攻めているところだ。西部戦線[9]はあまりうまくいっていないらしい。ずいぶん長いことにらみ合いがつづいている。アメリカが参戦したものの、あと一年くらいしないと、大部隊をよこして戦闘するまでにはならないと思う。来年は悪い年になるかもしれないし、いい年になるかもしれない。イタリア軍はすでにかなりの兵士を戦場に送りこん

9　フランス北東のドイツとの国境。

でいる。どこまでその数が増えるのか想像がつかない。そしてバインジッツァ高地とサン・ガブリエーレ山をすべて制圧したとしても、そのむこうにはまだまだ山があってオーストリア軍が待ちかまえている。その山は見たことがある。最も高い山脈はまだ先だ。カルソ地方では進軍が続いているが、海岸近くは湿地帯になっている。ナポレオンならオーストリア軍と戦うときは平野を選んだだろう。まさか高地や山脈では戦わなかっただろう。おびき寄せて、ヴェローナあたりでたたきつぶしたと思う。西部戦線はどちらもたたきつぶされていない。たぶん、どちらが勝つというようなことはないのだろう。もしかしたら、永遠に続くのかもしれない。あの百年戦争を繰り返すのかもしれない。おれはラックに新聞をもどすとクラブを出た。玄関前の上がり段をゆっくり下りて、マンゾーニ通りを歩いていく。グラン・オテルの前で、マイヤーズ氏と夫人が馬車から降りてくるところに出くわした。ふたりは競馬からの帰りだった。夫人は胸が大きくあいた、黒いサテンのドレスを着ている。マイヤーズ氏のほうは小柄で、かなりの年で口ひげも白く、ステッキをついて扁平足のような歩き方をしている。

「あら、お元気?」夫人が握手をしてきた。

「やあ」マイヤーズ氏がいった。

「競馬はいかがでした？」

「上々よ。とっても楽しかったわ。わたし、三レースも勝ったの」

「そちらはいかがでした？」おれはマイヤーズ氏にきいた。

「まあまあだ。一レース勝ったからな」

「この人ったら、どうやって当てるんだか」夫人がいった。「わたしには絶対に教えてくれないの」

「まあ、いいじゃないか」マイヤーズ氏がいった。それから親切にこういってくれた。「きみもたまにはくるといい」マイヤーズ氏はしゃべっているとき、相手を見ていないような、相手をだれかほかの人と間違えているような印象を与える。

「ええ、ぜひ」

「そのうちお見舞いに病院にうかがうわ」夫人がいった。「わたしの息子たちに持っていくものがあるの。あなたたちはみんなわたしの息子よ。大切な息子たち」

10　一三三七～一四五三年のイギリス・フランスの戦争。

「いらっしゃっていただければ、みんな喜びますよ」

「本当に息子だと思っているの。あなたもわたしの息子よ」

「そろそろ、もどらなくては」

「わたしの息子たちによろしくね。たくさんお土産を持っていくわ。おいしいマルサーラ[11]やケーキをね」

「では失礼します」おれはいった。「いらっしゃっていただければ、みんな大喜びします」

「じゃ、また」マイヤーズ氏がいった。「ガレリアにくるといい。わたしのテーブルは知っているだろう。午後はいつも、仲間とあそこにいるよ」

　おれは通りを歩いていった。〈コーヴァ〉でキャサリンに何か買って帰ろうと思った。店に入って、チョコレートをひと箱買い、女の子が包んでくれている間、バールのほうに歩いていった。イギリス人がふたりと、飛行士が数人いる。おれはひとりでマティーニを一杯飲んで、金を払い、外のカウンターにいってチョコレートをもらい、病院に向かった。スカラ座から少し歩いたところにある小さなバールの前で、知り合いに会った。副領事、声楽を学んでいる男がふたり、エットレ・モレッティ。エットレはサンフランシスコ出身のイタリア人で、イタリア軍にいた。おれは四人と飲むことにした。声楽を勉強している男のうちのひとりはラルフ・シモンズで、エンリコ・デルクレードという名前で歌っているらしい。エンリコがどの程度うまいのかはわからなかったが、会うたびに、すぐにでもビッグチャンスがやってくるといわんばかりの話しっぷりだった。太っていて、鼻と口のまわりが荒れていて、花粉症にでもかかっているような感じだ。ピアチェンツァで歌って帰ってきたところで、「トスカ」を歌って、拍手喝采だったといっていた。

「ぼくの歌はまだきいてませんよね」

「ここではいつ、歌うんだい？」

「この秋、スカラ座で」

「客に座席を投げられないようにな」エットレがいった。「おい、知ってるか？　こいつ、モデナで本当に座席を投げつけられたんだぞ」

「そんなの嘘だよ」

11　シチリアで作られる度数の高いワイン。

「こいつ、座席を投げつけられたんだ」エットレがいった。「おれ、そこにいたんだから。おれも六つほど投げてやった」

「サンフランシスコのイタ公め」

「こいつは、イタリア語がだめでさ」エットレがいった。「どこで歌っても、必ず座席を投げつけられるんだ」

「ピアチェンツァの劇場は北イタリアでいちばんやりにくいところなんだ」もうひとりのテノールがいった。「本当なんだ。小さいけど歌いづらくて」テノールの名前はエドガー・ソーンダーズ。エドゥアルド・ジョヴァンニという名前で歌っているらしい。

「観客が座席を投げつけるんだったら、そこにいってみたいなあ」エットレがいった。

「ふたりともイタリア語で歌えないんだろ?」

「こいつったら、ほんとにばかでさ」エドガー・ソーンダーズがいった。「口を開けば、『座席を投げる』ばっかりなんだ」

「おまえらふたりが歌ったら、客はほかにすることないもんな」エットレがいった。

「それでアメリカに帰ったら、スカラ座で大好評だったっていうんだろ?」

「本当にスカラ座で歌うんだ」シモンズがいった。「十月に『トスカ』をやるんだっ」

「じゃ、ききにいってみるかい、マック？」エットレが副領事にいった。「守ってやるやつがいなくちゃ」

「アメリカ軍がきてくれるんじゃないか」副領事がいった。「もう一杯どうだ、シモンズ？　ソーンダーズは？」

「もらう」ソーンダーズがいった。

「そういえば、銀の勲章をもらうんだって？」エットレがおれにきいた。「いっしょにもらう表彰状はどんなやつなんだ？」

「さあ。まだもらえるかどうかわからないし」

「もらうに決まってるって。もらったら、〈コーヴァ〉にくる女たちにもてるぞ。オーストリア兵を二百人殺したか、塹壕ひとつ、たったひとりで占領したと思われるんじゃないか。じつはおれも、勲章がもらいたくてずいぶんがんばったんだ」

「で、いくつもらったんだ、エットレ？」副領事がきいた。

「片っ端からもらってるよ」シモンズがいった。「こいつのために戦争やってるんだから」

「銅をふたつ、銀を三つ」エットレがいった。「だけど、正式には一度だけだ」

「あとの四回はどうしたんだ？」シモンズがきいた。

「作戦が失敗でさ。そういうときは、勲章はもらえない」

「何回くらい負傷した？」

「重傷は三回。だから傷痍章《しょういしょう》を三つもらった」エットレは袖を引っ張ってみせた。黒地に銀の線が三本入った傷痍章が肩から二十センチほど下の袖に縫いこんである。

「おまえもひとつもらっただろ？」エットレがおれにいった。「これはいいぜ。勲章なんかよりいい。ほんとにさ、三つももらうと、そりゃすごいんだから。三ヶ月入院するくらいの傷でないともらえないけどな」

「どこをやられたんだ、エットレ？」副領事がきいた。

エットレは袖をまくってみせた。深くてなめらかな赤い傷跡が走っていた。「それから脚のここだ。それはちょっと見せられない。ゲートルを巻いてるからな。それからもうひとつは足。骨が腐ってて、いまもにおってるんだ。毎朝、小さい骨の破片をつまみだすんだが、いつもにおってやがる」

「なんでやられた？」シモンズがきいた。

「手榴弾《てりゅうだん》さ。柄のついた頭でっかちの、ジャガイモつぶしみたいなやつだ。片方の足の横のところを吹き飛ばされた。ほら、ジャガイモつぶし、知ってるだろ？」エットレがおれのほうを向いた。

「もちろん」

「敵兵のやつがそいつを投げるところも見た。おれは地面にぶっ倒れて、死んだと思った。ところが、あのジャガイモつぶしって、ろくに火薬が入ってないんだ。おれは敵兵をライフルで撃った。いつもライフルを持ってるんだ。そうすれば将校だってわからないからな」

「その敵兵って、どんな感じだった？」シモンズがきいた。

「そいつは手榴弾一個しか持ってなかった。いったいなんで投げたんだろうな。ずっと投げたくてしょうがなかったのかなあ。たぶん、実戦は初めてだったんだろう。ま、おれが撃ち殺してやったけどな」

「そいつ、撃たれたとき、どんな表情だった？」シモンズがきいた。

「けっ、知るかよ。腹に一発だ。頭を狙ってはずすのはいやだろ？」

「将校になってどのくらいになるんだ？」おれがきいた。

「二年かな。そろそろ大尉だろう。そっちは中尉になってどのくらいだ?」

「そろそろ三年かな」

「まあ大尉は無理だろう。イタリア語がまだまだだからな。しゃべるほうはいいけど、読み書きがさ。大尉になるには勉強しなくちゃ。アメリカ軍に入ればいいのに」

「そのうち、そうするよ」

「おれも入りたいよ。そうそう、大尉の給料はどれくらいなんだ、マック?」

「よく知らない。二百五十ドルくらいじゃないか」

「すっげえ。二百五十ドルもあったら、なんに使おう? おい、すぐにアメリカ軍に入れよ。それで、おれも入れるかどうか調べてきてくれ」

「了解」

「イタリア語で指揮ができるんだ。英語でもすぐにできるようになるって」

「将軍にでもなれるさ」シモンズがいった。

「いや。それは無理だ。将軍ってのは、びっくりするくらいいろんなことを知ってなくちゃならないんだ。おまえらは、戦争なんてばかでもできると思ってるだろう。いいか、おまえらくらいの頭じゃ、二等伍長にだってなれやしない」

「なれなくて、ありがたいよ」シモンズがいった。

「だが、おまえたちみたいな臆病者まで徴兵するようなときがくるかもしれないぞ。ふたりまとめて、おれの小隊に入れてやろうか。マック、おまえもな。マック、おまえはおれのおつきの兵士にしてやろう」

「ご立派ご立派」マックがいった。「立派な軍国主義者だねえ」

「戦争が終わる頃には大佐になってるさ」

「死なななきゃな」

「あいつらに殺せるもんか」エットレは親指と人差し指で襟の星にさわった。「ほら、こうするんだ。だれかが死ぬだの殺されるだのいったときは、いつも星にさわるといい」

「シモンズ、いこうか？」ソーンダーズが立ち上がった。

「そうだな」

「じゃあな」おれはいった。「こちらも腰を上げるか」バールの時計は六時十五分前だった。「チャオ、エットレ」

「チャオ、フレッド。勲章、ほんとによかったな」

「まだもらえるかどうかわからないんだって」

「だいじょうぶ、もらえるさ、フレッド。そうきいてる」

「じゃあ、また」おれはいった。「面倒を起こさないようにな、エットレ」

「心配するなって。酒は飲まないし、うろちょろ駆け回りもしない。大酒飲むこともなければ、売春宿に入りびたることもない。自分の損になるようなことはしないさ」

「じゃあ」おれはいった。「大尉になるってきいて、うれしいよ」

「おれは待ってたりしない。この手で手柄を立てて、進級してやる。三つ星の上にぶっちがいの剣と王冠。それがおれさ」

「じゃ、幸運を」

「幸運を。いつ前線にもどる?」

「すぐに」

「じゃ、そこで会おう」

「じゃあ、また」

「まあ、また。気をつけてな」

おれは裏通りの近道を歩いて病院にもどった。エットレは二十三だ。サンフランシスコでおじに育てられ、トリノにいる両親を訪ねにきたとき、戦争が始まった。妹がひとりいて、彼といっしょにアメリカに渡って、おじの家に世話になっていた。その妹が今年、教員養成学校を卒業するらしい。エットレは文句なしの英雄だから、会う人間はみんなうんざりする。キャサリンも辟易《へきえき》している。

「イギリスにも英雄はいるけど、だいたいは、みんなずっと控えめよ」

「まあ、ああいうのもいいんじゃないか」

「わたしは嫌い。うぬぼれやで、退屈で退屈で、ほんとに退屈なんだから」

「そこは、同感だ」

「あなたって、そういうところがやさしいのよね。だけど、そんな必要はないわ。あなたはあの人が戦場にいるところを想像できるし、有能だということも知っている。でも、ああいう人、本当に苦手なの」

「わかる」

「わかってくれるところが、またやさしいわ。わたし、あの人をなんとか好きになろうとするんだけど、どうしてもどうしてもだめ。最悪」

「午後に会ったとき、大尉になるっていってた」

「よかったわね。さぞかしうれしいんじゃない」

「きみは、自分の相手にももうちょっと進級してほしいかい？」

「全然。いいレストランに入れるくらいの階級で十分よ」

「じゃ、いまのでいいんだ」

「上出来よ。いまのままでいてちょうだい。階級が上がったら、偉そうになっちゃうかも。あなたがうぬぼれやじゃなくて、本当によかった。あなたがうぬぼれやでも結婚していると思うけど、そうでないほうがずっと気が楽」

おれたちはバルコニーで小声でしゃべっていた。月が昇っているはずだったが、街は霧に包まれて見えない。そのうち小雨が降ってきたので、中にもどった。外では霧が小雨に変わったかと思うと、すぐに激しくなり、雨が屋根をたたく音がきこえてきた。おれは立ち上がると、ドアのところへいって雨が吹きこまないか見てみたが、そんな様子はなかったので、ドアは開けたままにしておいた。

「ほかにだれかに会った？」

「マイヤーズ夫妻」

「あのふたりも変わってるわね」

「旦那のほうは国にいたら刑務所に入っているはずなんだ。国外で死んでもらおうってことらしい」

「そしてミラノで幸せに暮らしましたってことね」

「どの程度幸せなのかはわからない」

「刑務所から出られただけでも幸せでしょう」

「奥さんがお土産を持ってきてくれるってさ」

「おいしいものを持ってきてくれるんでしょう？　あなたも、息子って呼ばれた？」

「息子のひとりだってさ」

「あなたたちはみんな、あの人の息子。かわいい子が好きなんだわ。ちょっときいて、この雨の音」

「ざんざん降りだな」

「あなたはわたしをいつも愛してくれる。そうでしょ？」

「ああ」

「それは雨が降っても変わらないわよね」

「ああ」

「よかった。わたし、雨がこわいの」

「なんで?」おれは眠かった。外では相変わらず雨が降っている。

「わからない。でも、ずっと前から雨がこわかった」

「雨は好きだけどなあ」

「雨の中を歩くのは好きよ。でも、雨って、恋人には冷たいの」

「いつでも、きみのことは大好きだよ」

「わたしも大好き。雨のなかでも、雪のなかでも、雹《ひょう》のなかでも――あと、何がある?」

「さあなあ。そろそろ眠くなってきた」

「じゃ、寝てちょうだい。わたしはどんな天気でもあなたが好きよ」

「本当は、雨なんかこわくないんだろう?」

「あなたといっしょなら」

「なんでこわいんだ?」

「わからない」

「いってごらん」

「いわせないで」

「いって」

「いや」

「いって」

「わかった。ときどき雨のなかで死んでいる自分が見えるからよ」

「ばかばかしい」

「ときどきあなたが死んでいることもあるの」

「そのほうがまだありそうだな」

「ちがう、そんなことないわ。だって、わたしが守ってあげるもの。わたしにはできるの。ただ、だれも自分で自分を守ることはできない」

「もうやめよう。スコットランド人ときたら、本当に頭が変なんじゃないかと思うよ。今晩はそういうのはやめだ。これから先、何日いっしょにいられるかわからないんだから」

「そうね。だけど、わたしはスコットランド人だし、頭が変なの。でも、やめましょうね。ばかばかしいもの」

「そうそう、ばかばかしいよ」

「ばかばかしい。ほんとにばかみたい。雨なんかこわくない。雨なんかこわくない。ああ、こわくなければいいのに」キャサリンは泣きだした。おれがなだめると、泣きやんだ。しかし外ではまだ雨が降り続いていた。

第20章

ある日の午後、キャサリンを連れて競馬場にいった。ファーガソンもいっしょにきたし、クロウェル・ロジャーズという、信管のキャップをはずそうとして目をやられた青年もきた。昼食後、女の子たちが着替えをしている間に、おれはクロウェルの部屋にいってふたりで競馬新聞をながめ、出場する馬のこれまでの記録と今日の予想に目を通していた。クロウェルは頭に包帯を巻いていて、競馬にはあまり興味はないくせに、欠かさず競馬新聞を読んでいて、すべての馬の出馬記録をチェックしている。ほかにすることがないそうだ。クロウェルがいうには、どれもひどい馬ばかりで、いまはそんな馬しかいないということだった。マイヤーズ氏はクロウェルが気に入っていて、よく情報を教えていた。マイヤーズ氏はほとんどのレースで勝っていたが、情報を教えるのはいやがった。配当が下がるからだ。ここの競馬はかなりいかがわしい。というのも、ほかの国で締め出しをくらった騎手がイタリアにきて馬に乗るからだ。マイヤーズ氏の情報はかなり信頼できるものだったが、おれはききたくなかった。というのも、ときどき無視されることがあるからだ。それに教えるときはいやそうな顔をする。そのくせなぜか、教えなくては悪いと思っているらしいし、クロウェルに教えるのはそれほどいやでもないらしい。クロウェルは目をやられていて、とくに片方はひどかった。マイヤーズ氏も目が悪く、それでクロウェルが気に入っていたのだろう。マイヤーズ氏はどの馬に賭けているか、妻には決して教えなかった。妻のほうは勝ったり負けたり、といってもほとんど負けていたが、いつもしゃべっていた。

おれたち四人は無蓋の馬車で郊外のサン・シロへいった。いい天気で、馬車は公園を抜け、路面電車の線路にそって街を出ると、土埃が立つようになった。あちこちの屋敷は鉄のフェンスで囲まれて、育ちすぎた草木の茂る広い庭があった。水路を水が流れ、菜園の野菜は土埃にまみれている。遠くまで広がる平野には農家があり、豊かな緑の畑と灌漑《かんがい》用水があり、北のほうには山が連なっている。馬車が次々に競馬場に入っていく。入口で係がおれたちを入場券なしで入れてくれた。軍服のおかげだ。おれたちは馬車から降りると出馬表を買い、レース場のフィールドに入り、目の詰んだなめらかな芝のトラックを突っ切ってパドックにいった。正面スタンドは木造で古く、その下の厩舎近くに馬券売り場が並んでいる。兵士がたくさんフィールドのフェンスにそって立っている。パドックにはよく人がはいっていて、馬を引いてぐるぐる歩かせる場所はスタンドの後ろの木陰だった。知った顔があちこちにある。おれたちはファーガソンとキャサリンのために椅子を持ってきてもらって、馬をながめた。

馬は一頭ずつ、頭をさげてそこを回る。引いて回るのが馬丁だ。一頭、紫がかった黒の馬がいた。クロウェルは、絶対に染めているといった。いわれてみれば、そんな気がしないでもない。鞍を付ける合図のベルが鳴るちょっと前に出てきた馬だ。馬丁の腕の番号を見て出馬表で調べてみると、それは黒の去勢馬でジャパラックという名前だった。このレースはいままで千リラ以上のレースでは一度も勝ったことのない馬ばかりが出ることになっていた。キャサリンは、染めているにちがいないといっている。ファーガソンは、どうかしらねといっている。おれにはなんとなく、染めているように見えた。全員一致で、その馬に百リラかけることにした。オッズを見ると、三十五倍と出ている。クロウェルが馬券を買いにいき、そのあいだおれたちはまた馬をながめていた。騎手がそれぞれの馬を木陰でもう一度ぐるっと回らせてトラックのほうに向かい、軽く走らせてコーナーまでいった。そこがスタート地点だ。

おれたちは正面スタンドにいってレースを見物することにした。当時のサン・シロではまだバリヤー式発馬機がなく、係がすべての馬を並べなくてはならなかった。トラックのむこうのほうなので、馬は小さくしかみえない。係が長い鞭を鋭く鳴らして、スタートさせた。馬たちが目の前にやってきたとき、あの黒い馬がかなりの差で先頭を走っていた。そしてほかの馬を引き離してコーナーを曲がった。それからむこう側の直線に入ったのを双眼鏡でのぞくと、騎手が必死に馬を抑えようとしているのがわかった。しかし馬のほうはいうことをきかず、そのままコーナーを曲がって、最終の直線にさしかかったときには、二着との差が十五馬身。そのまま駆け抜け、ゴールを過ぎても止まらずに、次のコーナーを回った。

「信じられない！」キャサリンがいった。「三千リラ以上よ。すごい馬ね」

「頼むから汗で色落ちしないでくれよ」クロウェルがいった。「払い戻しがすむまでは」

「本当に素晴らしい馬よね」キャサリンがいった。「マイヤーズさんは買ったのかしら?」

「取りましたか?」おれが声をかけると、マイヤーズ氏はうなずいてみせた。

「わたしはだめ」夫人がいった。「あなたたちは、どの馬に賭けたの?」

「ジャパラック」

「まさか。三十五倍でしょう?」

「あの色が気に入ったんです」

「わたしはだめだったわ。なんだか、元気なさそうに見えて。ほかの人も、あれには賭けないほうがいいっていってたのよ」

「払い戻しはたいしたことないよ」マイヤーズ氏がいった。

「三十五倍でしたよ」おれがいった。

「いや、たいしたことない。馬券の販売終了数分前に、ごっそり買った連中がいるんだ」

「だれです?」

「ケンプトンとその手下たちだ。まあ見ててごらん、二倍にもならないから」

「じゃあ、三千リラは夢?」キャサリンがいった。「こんなインチキレース、大嫌い!」

「二百リラは入るよ」

「そんなの負けも同然よ。ちっともうれしくない。三千リラ勝ったつもりでいたんだから」

「本当に八百長のインチキレースね」ファーガソンがいった。

「もちろん八百長よ」キャサリンがいった。「もしそうでなかったら、あたしたちあの馬に賭けてないもの。それにしても、三千リラ、もらえてたらなあ」

「下にいって、一杯やって、払い戻しがいくらになるか見てこよう」クロウェルがいった。おれとクロウェルが倍率の張り出されるところにいってみると、ベルが鳴って、ジャパラック、単勝で十八・五〇と出た。これだと、十リラ賭けた場合、元が取れない。

おれたちは正面スタンド下のバーにいって、ウィスキーのソーダ割りを飲んだ。知り合いのイタリア人がふたりに、副領事のマカダムズがいて、三人はおれたちについてキャサリンたちのところまでやってきた。イタリア人はふたりとも礼儀正しく、マカダムズはキャサリンに話しかけた。おれたちはまた下にいってまた馬券を買った。マイヤーズ氏がオッズの表示板のところにいた。

「どの馬に賭けるつもりか、きいてみろよ」おれはクロウェルにいった。

「マイヤーズさん、どの馬に賭けるんですか？」クロウェルがたずねると、マイヤーズ氏は出馬表を取り出して、鉛筆で五番を指した。

「われわれもそれにのっていいですか？」クロウェルがたずねた。

「いいとも、いいとも。しかし家内には内緒だぞ」

「一杯、いかがです？」おれはきいた。

「いや、結構。飲まないんでね」

おれたちは五番を単勝で百リラ、複勝で百リラ買って、ウィスキーのソーダ割りを一杯ずつ飲んだ。おれは気分がよくなって、またイタリア人をふたりつかまえて一杯やり、キャサリンたちのところにもどった。新しく連れてきたふたりは立ったままで礼儀正しく、前のふたりに負けないくらいだったので、だれも腰を下ろせなかった。おれはキャサリンに馬券を渡した。

「どんな馬？」

「さあ。マイヤーズさんが選んだんだ」

「馬の名前も知らないの？」

「ああ。出馬表を見ればわかる。たしか五番だったと思う」

「すごい信頼ね」

五番は一位だったが、払い戻しはたいした額ではなかった。マイヤーズ氏は怒っていた。

「二百リラ賭けて、二十リラだ。十リラで十二リラ。ばかばかしい。家内は二十リラすってしまうし」

「いっしょに下にいきたいわ」キャサリンがおれにいった。イタリア人は四人そろって立ち上がった。おれはキャサリンと下におりて、パドックのほうにいった。

「ねえ、楽しい？」キャサリンがたずねた。

「ああ、楽しいよ」

「ならいいけど。でもね、わたし、たくさんの人と会うのは苦手なの」

「まだそれほどたくさん会ってないじゃないか」

「そうね。でも、マイヤーズさん夫妻でしょ、それから銀行の人とその奥さんと娘さん――」

「あの人がぼくの一覧払い為替手形を現金にしてくれてるんだ」

「でも、あの人でなくても、ほかの人でもやってくれるんでしょう。それに、最後の四人は最悪」

「じゃあ、ここにいてフェンスのところでレースを見ようか」

「それがいいわ。そしてきいたこともない馬に賭けましょう。マイヤーズさんも賭けないような馬に」

「わかった」

おれたちはライト・フォー・ミーという馬に賭けた。五頭レースで四着だった。おれたちはフェンスから身を乗りだして、馬が走っていくのを見送った。前を駆け抜けていくときは蹄の音が大きく響いた。遠くには山並みが、森や畑のむこうにはミラノの街が見える。

「さっきよりずっと気持がいいわ」キャサリンがいった。走った馬がもどってきてゲートをくぐっていった。全身汗でびっしょりだ。騎手が馬をなだめ、木陰に入って馬から下りた。

「飲まない？　ここで一杯やりながら、馬を見ればいいわ」

「じゃ、買ってこよう」

「ボーイに持ってきてもらえば？」キャサリンが手を挙げると、ボーイが厩舎の横にあるパゴダ・バールからやってきた。おれたちは鉄製の丸テーブルについた。

「ふたりだけのほうがいいと思わない？」

「そうだな」

「さっき、ほかの人に囲まれていて、とても寂しかったの」

「ここはのんびりしていていいな」

「でしょう。レース場、うっとりするほどきれいね」

「まったくだ」

「無理しなくていいのよ。あなたがもどりたくなったら、いつでももどるから」

「いや。ここでいっしょに飲もう。それから水濠《すいごう》のところへいって障害物レースを見よう」

「あなたって、本当にやさしいのね」

しばらくふたりですごすと、おれたちの気分も変わって、にこやかに連れのところにもどった。とても楽しい一日だった。

第21章

九月になってやっと夜が涼しくなってきた。そのうち昼間も涼しくなって、公園の木々の葉も色づき始め、夏が去ってしまった。前線での戦況はひどく、イタリア軍はサン・ガブリエーレ山も攻め落とせないでいる。バインジッツァ高地の戦闘は終わり、今月の中頃、サン・ガブリエーレ山の攻撃も終わった。結局、奪取できないままだった。エットレはすでに前線にもどっていた。馬はローマにいってしまい、ここの競馬のシーズンは終わった。クロウェルもローマにいって、アメリカに送還された。街では戦争に反対する暴動がふたつ起こり、トリノでは大暴動があった。クラブでイギリス人の少佐からきいたところによると、イタリア軍はバインジッツァ高地とサン・ガブリエーレ山で十五万の兵士を失ったらしい。そのうえカルソでも四万人を失ったとのことだ。おれと飲みながら、その少佐は話してくれた。このあたりでの戦闘は、今年はもう終わりだ。それにしても、イタリアはくわえた獲物が大きすぎた。フランドル地方の攻撃もまずいほうへ傾いている。もし今年の秋みたいな調子でやられ続けたら、一年後には連合軍は敗北まちがいなしだ。じつはおれたちはすでに負けたも同然なんだが、それに気づいてないうちはまだいい。もうしっかり負けてるんだけどね。問題はそれを認めようとしないことかな。それを最後まで認めない国が勝利をおさめる。おれとイギリス軍少佐はもう一杯飲んだ。少佐はおれにたずねた。きみはだれかに仕える身か？　いいえ。自分はそうなんだ。まったく、ばかばかしい。クラブにはほかにだれもいなくて、おれたちは大きな革張りのソファにゆったり座っていた。少佐のブーツはつや消しの革製でよくみがいてあった。とても美しいブーツだ。少佐は、ばかばかしいといった。どいつもこいつも師団がどうの兵力がどうの、それしか考えない。師団を回せとかあれこれ言い合うくせに、師団がきたら、つぶしてしまう。もう連中は負けてるんだ。ドイツが勝ったんだ。彼らは本物の兵士だ。ドイツ軍は本当の意味の兵士なんだ。しかし彼らも負けている。われわれはみんな負けているんだ。おれは、ロシアはどうなんですかとたずねた。あいつらも負けている。もうすぐわかるさ。そしてオーストリアも負けている。もしオーストリア軍にドイツ軍が加われば、かなり強力になるはずだ。おれは、この秋、敵は攻勢をかけてきますか、とたずねた。

もちろんだ。イタリア軍は負けている。だれだって、そんなことは知っているんだ。ドイツ軍がトレンティーノ地方にやってきて、ヴィチェンツァで鉄道を寸断してしまったら、イタリア軍はどうすればいい？　おれは、それは一六年に一度やってますよねといった。そのときはドイツ軍は加わっていなかったんだ。おれは、いや、加わっていましたといった。いや、今度はそんなことはしないかもしれないな。作戦として単純すぎる。もう少し策を練って、そのあげく徹底的に敗北するんだ。おれは、そろそろ失礼しますといった。病院にもどらなくてはならないので。「じゃあ、また」少佐がいった。それから陽気に、「あらゆる幸運を！」といった。おれは、あんなに暗い話をしていたのに、この明るさはなんなんだと思った。

おれは床屋に寄って、ひげをそってもらい、病院にもどった。ずいぶん時間がかかったが、足はそれなりによくなっていた。三日前に検査してもらったところだ。あといくつか治療を受けたら、オスペダーレ・マッジョーレでの治療は終わりだ。おれは脇道を、足を引きずらないように歩いていった。老人がアーケードの下で切り絵をしていた。おれは足を止めて、見物した。女の子がふたりポーズをとって、老人がふたりいっしょの図柄を切り抜いている。手早く切りながら、首をかしげるようにしてふたりを見ている。女の子はくすくす笑っている。老人は切り抜いたものをおれに見せてから、白い紙に貼り付けて、ふたりに渡した。

「かわいいねえ」老人がいった。「あなたもどうですか、中尉《テネンテ》？」

女の子たちは切り絵をながめて笑いながら歩いていった。ふたりともとてもかわいい。そのうちのひとりは、病院のむかいのワインショップで働いている。

「じゃあ、頼もうか」

「帽子を脱いでください」

「いや、かぶったままで頼むよ」

「それだと、あまりかっこよくないですよ。しかし」老人は顔を輝かせた。「軍人さんらしくはなります」

老人は黒い紙を二枚重ねて切り抜くと、二枚に分け、両方とも一枚のカードに貼り付けた。

「いくら？」

「いや、いいですよ」老人は手を振った。「作ってあげたかっただけですから」

「それは悪いよ」おれは銅貨を数枚出した。「こちらの気がすまない」

「いいえ。趣味みたいなもんですから。恋人にでもあげてください」

「じゃあ、ありがとう。またそのうち」

「はい、またそのうち」

おれは病院へいった。手紙が何通かきていた。そのうちの一通は軍関係のもので、三週間の回復休暇をとって、そのあと前線にもどるようにという内容だった。おれはそれをじっくり読んだ。そうか、いよいよか。回復休暇は十月四日から、つまり治療が終わってから始まることになっている。三週間ということは二十一日だ。ということは、十月二十五日まで。おれは出かけてくると声をかけて、病院から少しいったところにあるレストランに入った。そこで夕食をとって、ほかの手紙を読んで、〈コッリエーレ・デッラ・セーラ〉[12]を見るつもりだった。祖父から一通。家族のことが書いてあって、国のためにがんばれと書いてあって、二百ドルの小切手と新聞の切り抜きも何枚か入っていた。食堂で顔を合わすあの神父から、つまらない手紙が一通。仲間から一通。こいつは航空兵としてフランス軍に入っているのだが、ずいぶん乱暴な部隊に配属されたらしく、そのことを書いていた。リナルディから短いのが一通。いつまでミラノでさぼってるんだ、詳しいことを教えろ、という内容だ。それから買ってきてほしいレコードのリストも入っていた。おれは食事をとりながらキァンティのハーフボトルを空けて、コーヒーとコニャックを一杯飲むと、新聞を読み終え、手紙をポケットに入れ、新聞をチップといっしょにテーブルの上に置いて店を出た。病室にもどるとパジャマに着替えて、ガウンをはおって、バルコニーに出るドアのカーテンを下ろし、ベッドに入って、後ろにもたれてボストンの新聞をいくつか読んだ。マイヤーズ夫人が病院の息子たちに持ってきてくれた見舞い品のひとつだ。アメリカン・リーグではシカゴ・ホワイト・ソックスが優勝しそうで、ナショナル・リーグの首位はニューヨーク・ジャイアンツらしい。この頃、ベーブ・ルースはボストン・レッド・ソックスでピッチャーをやっていた。新聞はどれもつまらなかった。ニュースは地方のことばかりで退屈だったし、戦争のニュースはどれも古い。アメリカのニュースといえば軍事教練関係のものばかりだ。教練なんかやらされなくてよかった。めぼしいものといえば野球関係のニュースくらいだったが、それにもさっぱり興味がわかない。いろんな新聞がどっさりあると、かえって食欲が失せてしまう。なんでこ

12 イタリアの新聞。

んなものをとは思ったものの、しばらく野球の記事を読むことにした。しかし、アメリカは本気でこの戦争に加わるつもりなんだろうか。そしてメジャー・リーグの試合を中止するんだろうか。そんなことはしないだろう。ミラノでもまだ競馬はやっているし、戦争もそれほどひどくはならないだろう。フランスでは競馬は中止になったらしい。そのせいでジャパラックがやってきたということだ。キャサリンが勤務につくのは九時からだ。最初の見回りのとき、彼女の足音がきこえた。廊下を歩いていくのが見えた。彼女はほかの病室をいくつか回ってから、おれの部屋にやってきた。

「遅くなっちゃった。仕事がたくさんあって。具合はどう？」

おれは通知と休暇のことを話した。

「あら、素敵じゃない。どこにいくつもり？」

「どこへも。ここにいたい」

「そんな、もったいない。どこか決めて。いっしょにいきましょうよ」

「どうやって休みをとるつもりだ？」

「わからないけど、とるわ」

「すごいなあ」

「すごくなんかないわ。でも人生なんてなんとかなるものよ。失うものがなにもないときにはね」

「どういうことだ？」

「なんでもない。ただ、以前はとても大きな障害に思えたものが、たいしたことないじゃないと思えるようになってきただけかしら」

「そう簡単になんとかなるとは思えないけどなあ」

「ううん、そんなことないって。いざとなれば、逃げちゃえばいいもの。でも、そんなことにはならないわ」

「じゃあ、どこにいこう？」

「どこでも。あなたのいきたいところ。そして知っている人のいないところがいい」

「本当にどこでもいいのかい？」

「ええ。どこでもいいわ」

キャサリンは妙に緊張して興奮しているような感じだった。

「どうしたんだよ、キャサリン？」

「何も。なんでもないわ」

「いや、何かあるんだろう」

「ないって。ほんと、何もないの」

「わかるんだ。話してくれ。さあ、だいじょうぶだから」

「なんでもないのよ」

「話してくれ」

「話したくない。きっと、あなたは暗い気持になって、心配するもの」

「そんなことないよ」

「本当に？　わたしは平気だけど、あなたを心配させたくないの」

「きみが平気なら、こっちだって平気だ」

「いいたくない」

「いってくれ」

「いわなくちゃだめ？」

「ああ」

「子どもができちゃったの。そろそろ三ヶ月。ね、心配？　おねがいだから、心配なんてしないで。心配しちゃだめ」

「だいじょうぶだよ」

「だいじょうぶ？」

「あたりまえじゃないか」

「わたし、なんでもしてみたの。できることは全部。だけど、だめだった」

「なんの心配もしてないよ」

「どうしようもなかったの。でもわたし、心配なんてしてないの。だから、あなたも心配しないで。暗くならないで」

「心配なのはきみのことだけだ」

「それが困るの。あなたが心配しちゃだめ。いつだって、子どもはできるものでしょう。だれだって妊娠するもの。普通のことよ」

「きみは素晴らしい女の子だ」

「そんなことないわ。でも、心配しないでほしいの。なんとか、あなたに迷惑をかけないようにやってみるから。ごめんなさい、もう迷惑よね。でも、わたし、いままではいい子だったでしょう？　あなたは気づいていなかったでしょう？」

「うん」

「これからも、気にしないでいて。心配しないで。ほら、心配してる。やめて。すぐにやめてちょうだい。一杯飲む？　飲めば、いつだって元気になるわ」

「酒はいいよ。元気だし。そしてきみは素晴らしい」

「そんなことないわ。でもわたしはうまく根回しするから、いっしょにいくところを決めてちょうだい。十月を素敵な月にしなくちゃ。素敵な時を過ごしましょう。あなたが前線にいったら、毎日、手紙を書くわ」

「どこにいきたい？」

「さあ、どこかしら。でも、どこか素敵なところ。すべて、わたしがなんとかする」

　それきりふたりとも口をつぐんだままだった。キャサリンはベッドの端に座り、おれは彼女を見つめていたが、ふたりとも相手に触れようとはしなかった。まるでだれかが部屋に入ってきて、気まずくなったような感じだ。キャサリンは手をのばして、おれの手を取った。

「怒ってない？」

「いいや」

「罠にはまったような気がしない？」

「少しする。だけど、それはきみにじゃない」

「わたしも、そういう意味でいったんじゃないの。そのくらいわかるでしょう？　わたしがいいたかったのは、罠にはまってしまった、って感じがするってこと」

「子どもができたときは、だれだって、罠にはまったような気がするものなんじゃないか？」

キャサリンはどこか遠くへいってしまった。身動きもせず、手も動かさないままなのに。

「だれだって、って、いやな言葉」

「ごめん」

「いいの。でも、ほら、わたし、妊娠するの初めてだし、だれかを本当に愛したのも初めてだったから、あなたの望むようになりたいと思って、そしたら、だれだって、なんていうから」

「この舌を切り落としてしまおうか」

「まあっ！」どこかにいっていたいつものキャサリンがもどってきた。「わたしのいうことなんか気にしないで」おれたちはまた元通りになって、さっきの気まずさはなくなった。「わたしたちはひとつなんだから、わざと誤解したりしないようにしなくちゃ」

「わかった」

「でも、みんなそうよ。愛し合って、わざと誤解し合って、けんかして、突然、ひとつでなくなる」

「おれたちはしない」

「しちゃだめ。だってこの世界には、わたしたちふたりと、そのほかの人の二種類しかいないんだから。もし何かがわたしたちの間を裂いてしまったら、ほかの人たちに飲みこまれてしまう」

「そんなことにはならないよ。きみはとても勇気がある。勇気ある者は何も寄せつけない」

「勇者だって死ぬわ」

「死ぬのも一度だけさ」

「どういうこと？　だれがいったの？」

「臆病者は千度も死ぬが、勇者は一度のみ[13]」

「ふうん。だれの言葉？」

「知らない」

「たぶん、臆病な人がいったんだわ。臆病者についてはとてもよく知っているけど、勇者のことは何も知らないんだと思う。勇者は、もし頭がよければ二千度だって死ぬはずよ。ただ口に出していわないだけ」

「さあ、どうかな。勇者の頭のなかなんか、なかなかのぞけるもんじゃない」

「ええ。だから、勇者なのよ」

「ずいぶん詳しいなあ」

「ええ、詳しくなるだけのことを経験してきたもの」

「きみは勇気がある」

「いいえ。でも、そうなりたい」

「それにひきかえ、こちらはさっぱりだ。自分のレベルはわかっている。これまで生

13　シェイクスピアの『ジュリアス・シーザー』に「臆病者は死ぬ前に何度も死ぬが、勇者は一度のみ」という科白がある。

きてきたんだし。いってみれば、打率二割三分で、そこ止まりだということがわかっているバッターみたいなものかな」

「二割三分って、どの程度のバッターなの？　かなりすごそうにきこえるんだけど」

「いや、ごく平凡なバッターさ」

「でも、バッターなんでしょ」キャサリンはおれをつついた。

「ふたりともうぬぼれてるな。しかし、きみは勇敢だと思う」

「いいえ。そうありたいと思っているだけ」

「よし、じゃあ、ふたりとも勇敢だということにしておこう。そして男のほうは、一杯やると、とびきり勇敢になるらしい」

「わたしたちって最高ね」キャサリンはそういうと戸棚にいって、コニャックとコップを持ってきてくれた。「じゃ、飲んで。あなたって、とってもやさしいし」

「あまりほしくないんだけどな」

「じゃ、一杯だけ」

「うん」おれはコップに三分の一ほどついで飲み干した。

「わ、すごい。ブランデーって勇者のお酒よね。ちょっと大げさだけど」

「戦争が終わったら、どこに住もうか？」

「老人ホームのような静かなところかな。もう三年も、まるで子どもみたいに待ち望んでいたの。クリスマスに戦争が終わればいいなって。でもいまは、わたしたちの息子が海軍少佐になるまで続いてほしいわ」

「息子は陸軍大将になるかもしれない」

「これが百年戦争なら、両方なれるわね」

「きみは一杯やらないのかい？」

「遠慮しとく。あなたは陽気になるけど、わたしはくらくらするの」

「ブランデーを飲んだことは？」

「ないわ。なにしろ、古いタイプの妻ですもの」

おれは下に手をのばして床に置いたコニャックを取り、もう一杯ついだ。

「さ、あなたの戦友たちを見にいかなくちゃ。もどってくるまで、新聞でも読んでいて」

「どうしてもいくのか？」

「いまいくか、あとでいくか」

「わかった。じゃ、いっておいで」

「あとでもどってくるから」

「新聞を読み終えておくから」

第22章

その夜は寒くなり、次の日は雨が降った。オスペダーレ・マッジョーレからの帰り、雨が激しく、病院にもどったときはかなりぬれていた。部屋にもどってみると、窓の外ではバルコニーに雨がたたきつけ、風がガラスのドアをなぐりつけていた。おれは服を着替えてブランデーを飲んだが、まずかった。夜、胸がむかむかして、次の日の朝食のあとも吐き気がした。

「疑いの余地なしだな」病院の外科医がいった。「ミス・ゲイジ、この白目を見てみるといい」

ミス・ゲイジはおれの目をのぞきこんだ。おれは鏡を見せてもらった。白目の部分が黄色い。黄疸《おうだん》だ。これが二週間続いた。おかげで、キャサリンと休暇を楽しむことができなかった。おれたちはマッジョーレ湖畔の街パッランツァにいくつもりだった。秋には紅葉が美しく、散歩も楽しめるし、湖ではマス釣りができる。ストレーザよりもパッランツァのほうがいいだろう。というのも人が少ないからだ。ストレーザはミラノからの便がいいので、いつも知り合いに会う。パッランツァには素敵な村があるし、ボートで漁師の住んでいる島までいけるし、いちばん大きな島にはレストランもある。しかし結局、いけなかった。

ある日、おれが黄疸でベッドに寝ていると、ミス・ヴァン・キャンペンが部屋にやってきて、戸棚の戸を開けて空き壜を見つけた。おれが空き壜をまとめて用務員に捨ててもらっていたのを見て、ほかにないかさがしにきたにちがいない。戸棚にあったのはヴェルモットとマルサーラとカプリの空き壜と、キァンティのフラスコと、コニャックが数本だった。そのなかから、用務員は大きな壜からはじめて、ヴェルモットと、藁で包んだキァンティの壜を捨て、ブランデーの壜にとりかかるところだった。というわけで、このブランデーの壜数本と、キュンメル[14]の入ったクマの形の壜一本が、

14　クミンやキャラウェイで香りをつけたリキュール。

ミス・ヴァン・キャンペンに見つかったというわけだ。とくにクマの形の壜が気に障《さわ》ったらしくて、それを取りあげた。尻をついて前足をあげているクマのガラスの頭にコルクの栓がはまっていて、底にはねばねばした結晶がいくつか張りついている。おれは声をあげて笑った。

「キュンメルですよ」おれはいった。「最高級品はクマの形の壜に入っていて、それはロシア産です」

「ここにあるのは全部ブランデーの壜じゃないの?」

「よく見えないんですが、たぶん、そうです」

「いつから、こんなことを?」

「自分で買って、自分で運んだんです。イタリア軍の将校たちがよく遊びにくるんで、そのときのためですよ」

「あなたは飲まないの?」

「自分も飲みます」

「ブランデーとはねえ。ブランデーの空き壜が十一本に、クマのお酒が一本」

「キュンメルですよ」

「だれかにたのんで、片づけさせます。空き壜はこれだけ？」

「いまのところは」

「黄疸なんかにかかって、かわいそうにと思っていたけれど、余計なお世話だったようね」

「ありがとうございます」

「前線にもどりたくない気持はわからないでもないけれど、もう少しまし な方法を考えたらどうかしら？　アル中で黄疸になろうとするなんて」

「え、なんで黄疸にですか？」

「アル中よ。きこえたでしょう」おれは何もいわなかった。「ほかに何かない限り、黄疸が治り次第、前線いきよ。わざと黄疸になったりしたら、回復休暇なんて取り消しです」

「そう思います？」

「ええ」

「ミス・ヴァン・キャンペン、黄疸になったことは？」

「いいえ。でもしょっちゅう患者さんを見ているわ」

「楽しそうでしたか?」

「前線よりはいいんじゃないかしら」

「ミス・ヴァン・キャンペン、自分の金玉を蹴ってまで障害者になろうとした男を見たことがありますか」

ミス・ヴァン・キャンペンは質問を無視した。無視するか、部屋を出るかしかなかったんだと思う。そして出ていく気配はなかった。長いこと、おれのことが腹にすえかねていて、いまこのチャンスを逃すつもりはないらしい。

「前線から逃げるために、自分で体を傷つけた兵士はたくさん知っています」

「そういうことじゃないんだ。おれだって、そんな連中は見てきた。ききたかったのは、自分の金玉を蹴ってまで障害者になろうとした男を見たことがあるかってことですよ。いまのこの状態がまさにそうなんでね。それに、あの痛みは女にはわからない。だからきいたんですよ。黄疸になったことがあるかって。だって、そうでしょう、ミス・ヴァン・キャンペン――」

ミス・ヴァン・キャンペンは部屋を出ていった。あとからミス・ゲイジがやってきた。

「ミス・ヴァン・キャンペンに何をいったの？　かんかんよ」

「痛みがわかるかどうかって話をしてたんだ。そして、あんたは子どもを産んだことがないだろうといってやろうとしたら——」

「ばかみたい。あなたをなんとかしなくちゃ気がおさまらないって様子よ」

「もうなんとかされちゃったよ。回復休暇を取り消されたし、そのうち軍法会議にかけられるんじゃないか。あの意地悪女」

「前からずいぶん嫌われているみたいだけど、今日は何があったの？」

「おれは酒を飲んでわざと黄疸になって、前線にもどらなくていいようにたくらんだらしい」

「まさか。あなたは一杯も飲んでないって、わたしが証言してあげるわ。みんな口をそろえて証言してくれるわよ」

「空き壜が見つかったんだ」

「あれほどいっておいたのに。空き壜をなんとかするようにって。いまどこにあるの？」

「戸棚のなかだ」

「スーツケースは持ってる?」

「いや。リュックサックに入れてくれ」

ミス・ゲイジは空き壜をリュックサックに移すと、「用務員に渡しておくわ」といって、ドアのほうに歩いていった。

「ちょっと待って」ミス・ヴァン・キャンペンの声がした。「それはわたしが預かるわ」用務員を連れてきていた。「これを運んでちょうだい。先生にお見せして、報告書を書くから」

ミス・ヴァン・キャンペンは廊下を歩いていった。用務員はリュックサックを持っていった。もちろん中身が何かは知っている。

なんてことはない。ただ休暇が取り消しになっただけだった。

第23章

前線にもどる夜、おれは用務員にいって、トリノからやってくる汽車の席を取っておいてもらうことにしておいた。ちょうど夜中の十二時発の列車だ。トリノで編成されミラノに夜の十時半くらいに着いて、時刻になるまで出発待ちをすることになっている。ミラノに到着するときまでにいかないと席は取れない。用務員は仲間といっしょに出かけた。仲間というのは休暇できている機関銃手で、職業は仕立屋だった。ふたりいけば一席くらいは取れるだろうということらしい。おれから入場券の金をもらうと、ふたりはおれの荷物を持って出かけた。でっかいリュックサックがひとつに、雑囊《ざつのう》がふたつだ。

おれは五時頃、病院でみんなに挨拶をして出かけた。用務員がおれの荷物を詰め所に運んでおいてくれた。おれは用務員に十二時ちょっと前には駅にいくからといった。用務員の妻がおれに「シニョリーノ」と呼びかけて泣きだした。そして目をぬぐうと、おれと握手をして、また泣きだした。おれが背中を軽くたたいてやると、また泣いた。この人にはよく繕《つくろ》い物をしてもらった。とても背が低くてずんぐりしていて、いつも笑顔の白髪のおばさんだ。泣くと、顔全体がくしゃくしゃになってしまう。おれは通りの角にいってワインショップに入り、窓から外を見た。外は暗く、寒そうで、霧がかかっている。コーヒーとグラッパを頼んで金を払うと、窓からこぼれる光のなかをいきすぎる人たちをながめた。キャサリンが通りかかったので、窓をたたいた。

彼女は振り向き、こちらを見るとほほえんだ。おれは会いに外に出た。紺色のケープをはおって、柔らかいフェルトの帽子をかぶっている。いっしょにワインショップが並ぶ脇道を歩いていき、市場のある広場を通って、北にむかう大きな通りを進んで、アーチをくぐって大聖堂のある広場に着いた。路面電車の線路が走っていて、そのむこうに大聖堂がある。白く、霧にぬれている。線路を渡ると、左手に店が並び、ウィンドーには明かりがついている。ガレリアの入口だ。広場は霧に閉ざされている。そばまでいってみると、大聖堂は見あげるほど大きく、石造りの建物全体がぬれていた。

「入るかい？」

「ううん」とキャサリンがいったので、おれたちはそのまま歩いていった。兵士がひとり、恋人と石造りの胸壁の陰にいたので、そのまま横を通っていった。ふたりは石の壁にもたれかかっていて、男が女にケープをかけてやっていた。

「おたがい似たカップルかな？」

「わたしたちに似たカップルなんていないと思う」キャサリンは、いい意味でいったのではなかった。

「あのふたり、いくところがあればいいんだが」

「あったところで、変わりないわよ」

「どうかな。だれでも、行き場所はあったほうがいい」

「あのふたりには大聖堂があるじゃない」キャサリンがいった。おれたちはその大聖堂の前を通り過ぎた。そして広場の端までいって大聖堂を振り返った。霧の中に浮かぶ大聖堂は素晴らしかった。おれたちは革製品の店の前にいた。乗馬用のブーツ、リュックサック、スキー・ブーツなどがウィンドーに並んでいる。どれも目立つように、ひとつずつ並べられている。リュックサックがまん中で、その両側に乗馬用のブーツとスキー・ブーツが置いてある。どの革も油を塗りこんで黒光りしていて、まるで使いこまれた鞍のようだ。電灯の光の下で、油を塗った革が鈍く輝いている。

「いつか、スキーをしよう」

「二ヶ月くらいすると、ミューレンでできるわ」

「じゃあ、そこにいこう」

「いいわね」キャサリンがいった。それからいくつかウィンドーの前を過ぎて、脇道に入った。

「この道は初めてだわ」

「病院へいくときに使うんだけどな」細い道で、おれたちは右側を歩いていった。霧の中を多くの人々が行き来している。店が並び、ウィンドーはすべて明かりがついている。キャサリンといっしょに、チーズが山積みになっているウィンドーをのぞいた。それから、銃器店の前で立ち止まった。

「ちょっと待って。銃を買いたいんだ」

「どんな?」

「ピストル」おれはキャサリンを連れて入ると、空っぽのホルスターがついたままのベルトをはずしてカウンターの上に置いた。女性の店員がふたりカウンターのむこうにいる。ふたりはいくつかピストルを並べてくれた。

「これに入るやつを」おれはホルスターを開けた。グレイの革製で、ミラノの中古店で買ったものだ。

「いいのがある?」キャサリンがたずねた。

「まあ、どれも同じかな。これを試してみていいかい?」おれは店員にきいた。

「うちは試射場がないんです。でも、いいピストルですよ。買って損をすることはないと思います」

おれはスライドを引いて、引き金を引いてみた。バネがちょっときついが、なめらかに動く。ねらうようにして、もう一度引き金を引いてみた。

「中古でして」店員がいった。「射撃の上手な将校さんがお持ちでした」

「あんたが、これをその将校に売ったのかい？」

「はい」

「それがどうして、もどってきたのかな？」

「おつきの兵士が持ってきました」

「じゃあ、おれのピストルもここにあるかもしれない。いくらだい？」

「五十リラです。とても安いと思います」

「じゃ、これにしようか。それから、予備の挿弾子《クリップ》をふたつに、弾をひと箱」

店員はカウンターの下から挿弾子《クリップ》と弾を出した。

「サーベルはいかがですか？　中古のサーベルでとても安いのがありますよ」

「いや、前線にいくんだ」

「そうですか。では必要ありませんね」

おれは代金を払って、マガジンに弾をこめてピストルにはめると、それまで空っぽだったホルスターに突っこみ、予備の挿弾子《クリップ》に弾をこめて、ホルスターについている革の挿弾子入れ《スロット》に差しこみ、ベルトをしめた。ピストルのせいでベルトがずっしり重い。しかしこの手の規格品のほうがいい。いつでも弾が手に入る。

「よし、これでよし。ピストルは買っておかないとと思っていたんだ。前持っていたやつは、病院に連れてこられる途中でだれかにとられたらしい」

「いいピストルだといいわね」

「ほかには何かありますか?」

「いや、だいじょうぶだと思う」

「そのピストルには紐がついています」

「うん」店員はほかにも何か売りたいらしい。

「ホイッスルなんかはいかがですか?」

「いや、結構」

店員は、ありがとうございますといって、おれたちは舗道に出た。キャサリンがウィンドーから店の中をのぞくと、店員がこちらを見て、会釈した。

「木の棒に小さな鏡がたくさんついているけど、あれは何？」

「鳥寄せに使うんだ。野原であれを振り回すと、ヒバリが寄ってくる。イタリア人はそうやってヒバリを撃つんだ」

「おもしろいわね。アメリカではヒバリは捕らないの？」

「あまり捕らないね」

通りを渡って反対側の舗道を歩いた。

「気分がよくなったみたい。出るときは最悪だったの」

「いっしょだと、気分も晴れるんじゃないか」

「わたしたち、いつもいっしょよね」

「うん。だけど、十二時にはいかないと」

「その話はやめて」

通りを歩いていく。霧のせいで、街灯が黄色く見える。

「疲れてない？」キャサリンがきいた。

「きみのほうこそ？」

「だいじょうぶ。散歩するのは楽しいもの」

「あまり長いこと歩かないようにしないと」

「ええ」

街灯のない脇道に入って、それからまた通りに出た。立ち止まって、キャサリンにキスをした。彼女はおれの肩に片手を置き、それからおれのケープを引き寄せていっしょにくるまった。ふたりとも高い塀にもたれていた。

「どこかにいこうか？」

「いいわね」通りを歩いていくと、もっと広い通りに出た。運河がわきを流れている。対岸には煉瓦塀や建物が並んでいる。通りのずっと先のほうでは、路面電車が橋を渡っている。

「あの橋までいけば馬車を拾える」おれたちは橋の上で、霧に包まれて馬車が通りかかるのを待った。電車が何台か走っていった。家に帰る人々でいっぱいだ。そのうち馬車がきたが、だれかが乗っていた。霧が雨に変わりはじめた。

「歩くか電車に乗るかしましょう」

「すぐにくるよ。いつもくるんだ」

「あ、きたわ」

御者が馬を止め、料金メーターの金属の標識を下げた。上には幌がかぶせてあったが、御者の上着には雨粒がついている。つやのある帽子もぬれて光っている。おれたちはふたり並んで座った。幌のせいで暗い。

「どこまでたのんだの？」

「駅まで。駅のむかいにホテルがあるから、そこにいこう」

「このまま？　荷物なしで？」

「そう」

雨の中、脇道をいくのでずいぶん時間がかかった。

「夕食にしない？　おなかがすいちゃった」

「部屋でとろう」

「着る物がないわ。ナイトガウンも持っていないのよ」

「買えばいい」おれは御者に声をかけた。

「マンゾーニ通りに出てくれ」御者はうなずいて、次の角を左に曲がった。大通りに出ると、キャサリンは店をさがした。

「あそこ」キャサリンがいった。おれは御者に馬車を止めさせた。彼女は馬車を降り、舗道を歩いて店に入った。おれは座席にゆったり座って、待っていた。雨はやまず、ぬれた通りのにおいや、ぬれて湯気をあげている馬のにおいがしている。キャサリンが包みをかかえてもどってくると、出発した。

「思い切った買い物をしちゃった。でもとても素敵なガウンなの」

ホテルに着くと、キャサリンに待っているようにいって馬車を降り、支配人と話してみると、部屋はたくさん空いているとのことだった。おれは馬車にもどって御者に料金を払い、彼女を連れてホテルに入った。金ボタンの制服を着た小柄なボーイがガウンの包みを持ってくれた。支配人が会釈して、エレベータまで案内してくれた。ロビーの内装は赤いビロードと真鍮で統一されている。支配人もエレベータに乗った。

「食事はお部屋にお持ちしましょうか?」

「うん。メニューをたのむよ」

「スペシャルメニューもございます。ジビエにスフレをそえたものとか」

エレベータは一階分上がるごとに小気味のいい音を立て、三階分上がると、また音を立てて止まった。

「ジビエは何が？」

「キジとヤマシギがございます」

「ヤマシギがいいな」おれたちは廊下に出た。絨毯《じゅうたん》がすり切れている。ドアがずらりと並んでいる。支配人が立ち止まって、鍵を開けて、ドアを開けた。

「さ、どうぞ。素晴らしいお部屋です」

制服の小柄なボーイが部屋のまん中にあるテーブルに包みを置いた。支配人はカーテンを開けた。

「外は霧雨ですね」支配人がいった。部屋は赤いビロード張りで、あちこちに鏡があって、椅子がふたつ、サテンのベッドカバーがかかった大きいベッドがひとつある。バスルームに続くドアもあった。

「メニューを持ってこさせましょう」支配人はいうと、会釈をして出ていった。

窓のところにいって外をながめて、紐を引くと、分厚いビロードのカーテンが閉まった。キャサリンはベッドに腰かけて、カットグラスのシャンデリアを見つめている。もう帽子は脱いで、光の下で金髪が輝いている。彼女は鏡を見ると、両手を髪にやった。ほかの三つの鏡に映っているのが、おれからも見えた。沈んだ表情だ。キャサリンはケープをベッドの上に落とした。

「どうしたんだ?」

「生まれて初めて娼婦になった気分」おれはまた窓のところにいって、カーテンをわけて、外をながめた。こんなふうになるとは思ってもいなかった。

「娼婦なんかじゃないだろう」

「わかってる。でもいやな気分よ。そんなふうに感じるのはね」その声は乾いて、力がなかった。

「これがいちばんいいホテルだったんだ」おれは窓の外をながめながらいった。広場のむこうに駅の明かりが見える。通りを馬車が何台か行き交い、公園の木立も見える。ホテルの明かりがぬれた舗道に反射している。まったく、とおれは思った、ここまできてけんかか?

「ね、ここにきて」キャサリンが明るい声でいった。「おねがい、きて。ほら、またいい子になったわよ」おれがベッドのほうを見ると、彼女はほほえんでいた。

おれはそちらにいって、横に座ってキスをした。

「いい子だね」

「あなたのいい子」

食事をすると、ふたりとも元気になった。それから、最高に幸せな気分になって、この小さな部屋がふたりの家のような気がした。あの病室がふたりの家だったように、この部屋もふたりの部屋だった。

食事のとき、キャサリンはおれの上着をはおっていた。ふたりとも腹ぺこだった。料理はおいしくて、カプリを一本とサン・テステフ[15]を一本空けた。ほとんどおれが飲んだが、キャサリンも少し飲んで、そのせいでぐっと気分がよくなったようだ。夕食はヤマシギにジャガイモのスフレとマロンのピュレーをそえたもの、サラダ、デザートはザバイオーネ[16]だった。

「いい部屋ね」キャサリンがいった。「素敵。どうせミラノにいるんだったら、ここに泊まっていればよかった」

「なんだか変な部屋だけど、たしかにいい部屋だな」

15 フランス、メドックの赤ワイン。
16 マルサーラ酒をきかせたカスタード。

「いけないことって、とても楽しいんでしょうね。それを求めている人って、きっと趣味がいいんだと思う。この赤のビロード、本当にきれいだわ。まさにこれって感じよね。それから鏡もすごくおしゃれ」

「きみはかわいいし」

「朝起きてみたら、この部屋がどんなふうに見えるのかはわからないけど、とても贅沢な部屋よね」おれはサン・テステフをもう一杯ついだ。

「ふたりでとってもいけないことができればいいのに」キャサリンがいった。「わたしたちってすることなすこと、すべて無邪気で単純で、悪いことなんて、とてもできそうにないわ」

「きみは最高の女性だ」

「ただ飢えているだけ。とってもとっても飢えてるの」

「単純で素朴なかわいい女の子だよ」

「そう、単純なの。でもあなた以外、だれもわかってくれなかった」

「最初、きみに会ったとき、夕方までずっと考えてたんだ。どうすればふたりでオテル・カヴールにいけるだろう、いけたらどんなに素晴らしいだろうって」

「まあ、厚かましいわね。ここはカヴールじゃないでしょう？」

「うん。カヴールだったら、入れてくれないと思う」

「そのうち、入れてもらえるようになるかもよ。でも、そこがわたしとちがうところね。わたしはそんなこと考えたこともなかったわ」

「まったく？」

「少しはね」

「やっぱり、きみはかわいい」

おれはサン・テステフをもう一杯ついだ。

「わたし、とても単純なの」

「最初は、そうは見えなかったよ。頭がおかしいのかと思った」

「ちょっと、おかしかったの。でも、おかしくなりかたも単純だったはずよ。だから、あなたも戸惑ったりしなかったでしょう？」

「ワインは偉大なり。憂きことすべて流し去る」

「ワインは好きよ。でも父はワインのせいで痛風になっちゃった」

「お父さんがいるのかい？」

「もちろん。痛風でね。会わなくてもいいわよ。あなたはいるの？」

「いや。義理の父はいるけどね」

「わたしが好きになれそうな方？」

「会わなくてもいいよ」

「あなたといると、とっても楽しいの。ほかのことはどうでもよくなっちゃう。あなたと結婚できて、最高に幸せ」

ウェイターがやってきて食器を片づけた。しばらく、ふたりとも黙って座って、雨音をきいていた。下の通りでは車がクラクションを鳴らしている。

されど背後につねに響くは
翼を持つ『時』という二輪戦車の迫り来る音

「わたしもその詩、知ってる。アンドルー・マーヴェルでしょう。でもそれは、男といっしょに暮らそうとしなかった女の詩よ」

おれは頭が冷えてすっきりしてきて、これからのことを話したくなった。

「どこで産む？」

「さあ。できるだけいいところで」

「病院とかの手配はどうする？」

「なんとかするわ。心配しないで。戦争が終わるまでに、あと何人か赤ちゃんができるかもしれないわね」

「そろそろいかないと」

「そうね。もういく？」

「いや」

「じゃ、落ち着いていましょう。いままでのんびりしていたのに、急にせかせかすることないわ」

「そうだね。どのくらい手紙を書いてくれる？」

「毎日。検閲の人、手紙読めるかしら？」

「英語はろくに読めないよ。だいじょうぶ」

「わかりづらく書いてやるわ」

「だけど、あまりわかりづらくしないでほしいな」

「ちょっとだけ、わかりづらくする」

「もういかないと」

「そうね」

「われわれの素敵な家をあとにするのは残念だけど」

「わたしも」

「だけど、いかないと」

「ええ。でも、わたしたち、ふたりの家で長いことのんびりできたためしがないわね」

「そのうちできるようになるさ」

「すてきなうちを作って、あなたの帰りを待つようになりたいな」

「すぐもどってこられるかもしれない」

「前線で、ちょっとだけ足をけがしてくれれば?」

「耳たぶとか?」

「だめ。耳はそのままがいいもの」

「足はけがしてもいいのかい?」

「もう一度、けがしちゃったし」

「さ、いこう。間に合わない」

「ええ。じゃ、先にいって」

第24章

階段を下りることにして、エレベータは使わなかった。階段のカーペットはすり切れていた。夕食の代金は、運んできてもらったときに払ってあった。その運んできてくれたウェイターが入口脇の椅子に座っていた。ウェイターは飛び上がって、一礼したので、おれはいっしょに控え室に入って部屋代を払った。支配人はおれを友人扱いして、前払いの必要はないといってくれたのだが、持ち場を離れるときには、踏み倒されないよう玄関にウェイターを置いておいたらしい。以前、踏み倒されたことがあったのだろう。相手が友人だったのかもしれない。戦争になると、友人が一気に増えるものだ。

馬車を呼んでくるようたのむと、ウェイターは、おれが持っていたキャサリンの包みを受けとって、傘を片手にホテルを出た。窓越しに、ウェイターが雨の中を、通りを横切っていくのが見えた。おれたちは控え室の窓から外をながめていた。

「気分はどうだい、キャット？」

「眠い」

「こっちはぼうっとして、腹がへった」

「食べるものは持っていないの？」

「雑嚢に入っているんだ」

馬車がやってきて止まった。馬は雨の中でうなだれている。ウェイターが飛び降りて、傘を開いて、こちらに歩いてくる。おれたちは玄関までいくと、傘に入って、ぬれた舗道を歩き、縁石ぞいに止まっている馬車まで歩いていった。溝を水が流れている。

「お荷物は座席に置いてあります」ウェイターはおれたちが中に入るまで傘を持って立っていた。おれはチップを払った。

「ありがとうございます。楽しい旅を」ウェイターがいった。御者が手綱を引くと、馬が歩きだした。ウェイターは傘を持ったまま、回れ右をして、ホテルにもどっていった。馬車は通りを進んで左に曲がり、ぐるっと右に回って駅の前に止まった。憲兵がふたり街灯の下に、なんとか雨にぬれないように立っている。街灯の光を帽子が反射している。雨は、駅の明かりを背景に、透き通って見える。ポーターが駅のひさしの下からやってきた。雨の中で肩をすくめている。

「いや、悪いが、荷物はないんだ」

ポーターはアーチになったひさしの下にもどった。おれはキャサリンを振り返った。顔が、馬車の幌の陰になっている。

「そろそろ、さようならだな」

「わたしはなかに入れない？」

「うん。さようなら、キャット」

「御者に、病院にいくようにいってくれる？」

「いいとも」

おれが病院の住所をいうと、御者はうなずいた。

「じゃあ」おれはいった。「体を大切にするように。きみも、お腹の小さなキャサリンも」

「さようなら」

「じゃあ」おれが雨のなかに降りると、馬車が走りだした。キャサリンが身を乗りだしたので、その顔が光のなかに見えた。ほほえんで手を振っている。馬車は通りを走っていく。キャサリンが駅舎のひさしのほうを指さした。そちらを見てみると、憲兵がふたりとアーチ型のひさしがあるだけだった。キャサリンは、雨にぬれないようにそっちにいくようにというつもりだったらしい。おれは駅のひさしの下に入って立ち止まり、馬車が角を曲がるのを見つめた。それから駅の構内に入って通路をとおって列車に向かった。

病院の用務員がプラットフォームで待っていた。おれは用務員といっしょに列車に乗ると、混み合う人を押し分けて通路を歩き、ドアからコンパートメントに入った。コンパートメントは満員で、すみのほうに機関銃手が座っていた。リュックサックと雑嚢は、彼の頭の上にある荷物置きにのっている。通路にはたくさんの人が立っていて、おれたちがコンパートメントに入っていくと、中に座っていた乗客がそろってこちらを見た。列車のなかはほとんどすき間もなく、だれもがいらいらしていた。機関銃手が立ち上がって、おれは座ろうとした。後ろから肩をたたかれたので振り返ると、すごく背が高くてやせた砲兵大尉だった。顎に赤い傷跡がある。大尉は廊下の窓ごしにこちらを見ていて、入ってきたらしい。

「何かご用ですか？」おれは振り返って、大尉と顔を突きあわせていた。大尉はおれより背が高く、帽子のつばの陰になった顔はとても細く、傷跡は新しくてあざやかだった。コンパートメントの乗客はみんなおれを見ている。

「どうしてそういうことをする？」大尉がいった。「兵士に席を取らせたりするもんじゃない」

「そういわれても、もうやってしまいました」

大尉はごくりとつばを飲んだ。喉仏が上がって、下がった。機関銃手は座席の前に立ったままだ。外の客も窓からこちらを見ている。コンパートメントの客は何もいわない。

「そんなことをする権利はないはずだ。わたしはきみがくる二時間も前からここにいる」

「で、どうしろと？」

「席をゆずれ」

「自分も座りたいんですが」

おれは大尉の顔をじっと見た。しかしコンパートメントの客は全員、大尉の味方だ。

まあ、当然だ。それに大尉のいうことは正しい。しかしおれは席がほしかった。だれもが口をつぐんだままだ。

くそっ、おれは心の中でぼやいた。

「では、どうぞ、大尉殿《シニョール・カピターノ》」おれはいった。機関銃手が席の前から離れると、大尉が座った。大尉はこちらを見た。むっつりしている。しかし、席には座れたわけだ。

「荷物を取ってくれ」おれは機関銃手にいった。そしていっしょに廊下に出た。列車は満員で、空いている席などあるはずがない。用務員と機関銃手に十リラずつ渡すと、ふたりは廊下を歩いてプラットフォームに出て、次々に外から窓をのぞいてさがしてくれたが、やはり空きはなかった。

「ブレシアでかなり降りますよ」用務員がいった。

「ブレシアじゃ、降りる客より乗る客のほうが多いですけど」機関銃手がいった。おれはふたりに、元気でといって握手をした。ふたりとも後味の悪い思いをしているはずだ。通路でほかの乗客と立っているうちに、列車が出発した。おれがながめていると、駅の明かりや操車場が見る見る遠ざかっていった。雨は降り続け、そのうち窓がくもってきて、外が見えなくなった。あとでおれは通路の床に寝たが、金と書類の入った札入れを腹のところから突っこんで、ズボンの片脚の方に入れるのは忘れなかった。一晩中寝て、ブレシアとヴェローナで目が覚めた。両駅ともにどっと客が乗りこんできたが、おれはまたすぐに寝こんでしまった。雑嚢のひとつを枕にして、もうひとつは両腕にかかえ、手にはリュックサックを持っていた。おれを踏まないでいくには、またぐしかなかった。通路には見渡す限り、男たちが寝ていた。ほかにも窓の鉄棒につかまったり、ドアにもたれたりしている連中もいた。列車はずっと混んだままだった。

（下巻へ）

kobunsha classics
光文社古典新訳文庫

武器《ぶき》よさらば（上）

著者　ヘミングウェイ
訳者　金原《かねはら》瑞人《みずひと》

2007年8月20日　初版第1刷発行
2025年2月5日　第5刷発行

発行者　三宅貴久
印刷　大日本印刷
製本　大日本印刷

発行所　株式会社光文社
〒112-8011東京都文京区音羽1-16-6
電話　03（5395）8162（編集部）
03（5395）8116（書籍販売部）
03（5395）8125（制作部）
www.kobunsha.com

落丁本・乱丁本は制作部へご連絡くだされば、お取り替えいたします。
ISBN978-4-334-75134-0 Printed in Japan

いま、息をしている言葉で、もういちど古典を

長い年月をかけて世界中で読み継がれてきたのが古典です。奥の深い味わいある作品ばかりがそろっており、この「古典の森」に分け入ることは人生のもっとも大きな喜びであることに異論のある人はいないはずです。しかしながら、こんなに豊饒で魅力に満ちた古典を、なぜわたしたちはこれほどまで疎んじてきたのでしょうか。

ひとつには古臭い教養主義からの逃走だったのかもしれません。真面目に文学や思想を論じることは、ある種の権威化であるという思いから、その呪縛から逃れるために、教養そのものを否定しすぎてしまったのではないでしょうか。

いま、時代は大きな転換期を迎えています。まれに見るスピードで歴史が動いていくのを多くの人々が実感していると思います。

こんな時わたしたちを支え、導いてくれるものが古典なのです。「いま、息をしている言葉で」——光文社の古典新訳文庫は、さまよえる現代人の心の奥底まで届くような言葉で、古典を現代に蘇らせることを意図して創刊されました。気取らず、自由に、心の赴くままに、気軽に手に取って楽しめる古典作品を、新訳という光のもとに読者に届けていくこと。それがこの文庫の使命だとわたしたちは考えています。

光文社古典新訳文庫　好評既刊

老人と海
ヘミングウェイ／小川《おがわ》高義《たかよし》◉訳

独りで舟を出し、海に釣り糸を垂らす老サンチャゴ。巨大なカジキが食らいつき、壮絶な闘いが始まる…。決意に満ちた男の力強い姿と哀愁を描くヘミングウェイの最高傑作。

あしながおじさん
ウェブスター／土屋《つちや》京子《きょうこ》◉訳

匿名の人物の援助で大学に進学した孤児のジュディ。学業や日常の報告をする手紙を書くうち、謎の人物への興味は募り…。世界中の少女が愛読した名作を、大人も楽しめる新訳で。

若草物語
オルコット／麻生《あそう》九美《くみ》◉訳

メグ、ジョー、ベス、エイミー。感性豊かで個性的な四姉妹と南北戦争に従軍中の父に代わり家を守る母親との一年間の物語。刊行以来、今も全世界で愛される不朽の名作。

勇気の赤い勲章
スティーヴン・クレイン／藤井《ふじい》光《ひかる》◉訳

英雄的活躍に憧れて北軍に志願したヘンリー。待ちに待った戦闘に奮い立つも、敵軍の猛攻を前に恐慌をきたし…。苛烈な戦場の光景と兵士の心理を緻密に描くアメリカ戦争小説の原点。

郵便配達は二度ベルを鳴らす
ケイン／池田《いけだ》真紀子《まきこ》◉訳

セックス、完全犯罪、衝撃の結末…。20世紀アメリカ犯罪小説の金字塔、待望の新訳。緻密な小説構成のなかに、非情な運命に搦めとられる男女の心情を描く。（解説・諏訪部浩一）

傍迷惑《はためいわく》な人々　サーバー短篇集
サーバー／芹澤《せりざわ》恵《めぐみ》◉訳

子どもの頃から不器用で工作すれば傷だらけ、車は毎度エンストの「なんでも壊す男」など、ユーモア短篇の名手が魅せる縦横無尽の妄想力。本邦初訳二篇を含む。（解説・青山 南）

光文社古典新訳文庫　好評既刊

秘密の花園

バーネット／土屋《つちや》京子《きょうこ》◉訳

両親を亡くしたメアリは叔父に引き取られる。従兄弟のコリンや動物と会話するディコンと出会い、屋敷内の秘密の庭園に出入し、次第に快活さを取りもどす。（解説・松本 朗）

小公子

バーネット／土屋《つちや》京子《きょうこ》◉訳

ニューヨークで母と暮らす七歳のセドリックは、ある日自分が英国の伯爵の唯一の跡継ぎであることを知らされる。渡英して祖父のそばで領主修業に臨むが…。（解説・安達まみ）

小公女

バーネット／土屋《つちや》京子《きょうこ》◉訳

誰もがうらやむ「お姫様」から突然の大転落！　セーラは持ち前の聡明さと空想力、そしてプリンセスの気位で、過酷ないじめに立ち向かうが…。格調高い新訳。（解説・安達まみ）

ロビン・フッドの愉快な冒険

ハワード・パイル／三辺《さんべ》律子《りつこ》◉訳

英国シャーウッドの森の奥に隠れ住むロビンは、棒術の名人、吟遊詩人など個性的な面々を配下にしつつ、強欲な権力者たちと痛快な戦いを繰り広げる。著者による挿絵全点収録。

ガラスの鍵

ハメット／池田真紀子《いけだまきこ》◉訳

ハードボイルド小説を生み出した伝説の作家・ハメットの最高傑作であり、アメリカ文学史に屹立する不滅の名作。賭博師ボーモントが新たな解釈で甦る！（解説・諏訪部浩一）

アウルクリーク橋の出来事／豹の眼

ビアス／小川《おがわ》高義《たかよし》◉訳

絞首刑で川に落ちた男が敵の銃弾を逃れ着いた先を描く「アウルクリーク橋の出来事」。恋人からの求婚をなぜか拒む女を描く「豹の眼」。ひたすら「死」を描いた短篇の名手の十四篇。